Diogenes Taschenbuch 23784

de
te
be

Jessica Durlacher

Schriftsteller!

Erzählung

Aus dem Niederländischen von Hanni Ehlers

Diogenes

Titel der erstmals 2005 bei
De Bijenkorf, Amsterdam, und in zweiter
Auflage 2006 bei De Bezige Bij
erschienenen Originalausgabe: ›Schrijvers!‹

Umschlagillustration: Amedeo Modigliani,
›Red Headed Woman‹, 1918 (Ausschnitt)

Deutsche Erstausgabe

www.diogenes.ch
100/09/8/1
ISBN 978 3 257 23784 9

1

Wenn ich die menschliche Natur auch nur ein bisschen ergründete (und das sollte man von einem Schriftsteller ja eigentlich erwarten), hätte ich vielleicht gleich durchschaut, was es mit den Geschehnissen an und seit jenem Abend auf sich hatte. Doch ich las die Mail von Ada Hammerstein mit lächerlicher Unbefangenheit. Gut, es war schon Nacht und ich nicht nur ziemlich erschöpft, sondern auch noch immer in Harnisch über dieses blöde Essen bei Bastiaan. Aber als Entschuldigung für die zweite, dritte, vierte und alle sonstigen Mitteilungen, die ich in Sachen Ada Hammerstein erhielt, kann ich das nicht geltend machen.

Ich erinnere mich noch gut an die lähmende Schwüle jenes Sommerabends. Die Hitze des Tages war regungslos zwischen den Häusern hängengeblieben. Es war friedlich, nahezu still. Spärlich drangen Fetzen von freundlichen Stadtgeräuschen unter das Blätterdach der schattigen Allee, wie vergessene Überbleibsel des lebendigen, sonnigen Tages, der zur Neige ging.

Wir standen auf dem Gehweg vor dem Haus von Bastiaan, Verleger sowohl meiner Erzählungen und meines ersten (und bis dahin einzigen) Romans als auch aller fünfzehn Meisterwerke meines Liebsten, um uns voneinander zu verabschieden. Endlich hatte das Bedürfnis zu gehen bei allen feste Formen angenommen.

Ferenc küsste mich flüchtig. Erst jetzt sah ich die angetrocknete blaue Farbe unter seinen Fingernägeln – wahrscheinlich war der alte Maler mitten aus der Arbeit heraus von Deutschland abgereist. Das erklärte auch, weshalb er den ganzen Abend so abwesend gewirkt hatte. Zita, nach all den Jahren endlich Ferencs offizielle Lebenspartnerin, umarmte mich mit theatralischer Gebärde. Ich spürte, wie ihr Parfüm mir in Kleidung und Haar drang – wie bei einem Kater, der seine Duftmarke setzt. Ich musste mich beherrschen, um sie nicht wegzustoßen.

Bastiaan drückte mich nicht so fest an sich wie sonst. Mag sein, dass ich es mir nur einbildete, aber ich meinte eine gewisse Reserve zu spüren. Vielleicht scheute er sich, mir vor den anderen den Rücken zu stärken. Seine Frau Kitty, eine Blondine mit zartrosa gepudertem Kartoffelgesichtchen, warf mir unpassenderweise einen aufmunternden Blick zu, ehe sie mir linkisch sowohl die Hand als auch ihre Wange reichte.

Ich hatte es eilig, stand schon in den Startlöchern. Aber ich wollte nicht ohne meinen Mann gehen. Die Wut drückte schmerzhaft auf mein Zwerchfell, und ich sehnte mich nach dem erlösenden Streit, den ich für den Guten in petto hatte.

»Platttschschsch!!« Ein lautes Klatschen ließ uns alle zusammenfahren. Auf einem Auto, das direkt vor Bastiaans Eingang geparkt war, zerplatzte eine mit Wasser gefüllte Plastiktüte. Aller Blicke wanderten zum Obergeschoss des Hauses gegenüber. Von dort schien Gekicher zu kommen, doch die Übeltäter selbst blieben unsichtbar.

»Ist ja nur Wasser«, sagte Zita. »Ein Lausbubenstreich, ein guter alter Lausbubenstreich. Was gibt's Schöneres an so einem lauen Abend, als Wasserbomben zu werfen?« Nach oben gewandt rief sie, auch das auf Englisch: »Frechdachse!«, und verfiel in lautes, schnarrendes Gelächter. Jetzt erst sah ich, wie betrunken sie war. Ferenc zeigte keinerlei Reaktion. Dieses abweisend Steife kannte ich noch von früher.

»Die Kinder da sind richtige kleine Ekel«, sagte Kitty, »und ihren fiesen Köter lassen sie immer absichtlich vor meine Haustür machen.«

Erneut schauten wir alle nach oben, aber es blieb still. Aus Angst vor einer weiteren Attacke setzten wir die Verabschiedung beschleunigt fort.

In meiner Ungeduld hoffte ich, ich könnte den letzten, dem ich noch auf Wiedersehen sagen musste, mit einem kurzen Winken hinter mir lassen, doch da stürzte er sich schon mit seinem Visitenkärtchen auf mich.

»Hier, meine Adresse«, sagte Axel Andel atemlos. »Wenn du mir auch eure gibst, schicke ich euch mein verbotenes Buch.«

Ich wusste sehr wohl, dass er mit »euch« nur mich meinte. Er bekam meinen Händedruck, zu mehr reichte meine Energie nicht.

Während alle schweigend auf das Taxi warteten, das vom Ende der Straße her auf uns zugefahren kam, fiel eine zweite, weit größere Wasserbombe mit mächtigem Klatschen direkt vor meine Füße. Ich spürte, wie etwas in meinen Kopf hochschoss. Als wäre die Wasserbombe so etwas wie der Hammerschlag beim »Hau den Lukas!« gewesen.

»Verdammte Drecksbande«, schrie ich nach oben, »hört jetzt endlich auf mit dem Scheiß!«

Es wurde unangenehm still. Bitter dachte ich: Viel stiller als nach der Bemerkung, mit der Zita mich so feinfühlig runtergemacht hat.

Jetzt blieben die anderen meinetwegen noch etwas länger. Das Taxi wartete, mein Verleger schloss noch nicht gleich seine Haustür.

»Tja, typisch Kinder … Pubertierende … Möchtest du … soll ich die Polizei rufen?«, fragte er, ohne sonderlich überzeugend zu klingen. Auch er war an diesem Abend müde.

»Ach wo, doch nicht die Polizei!«, sagte ich, beschämt über meinen Ausraster. »Hat ja keiner was abgekriegt.«

Mit einem letzten Blick nach oben tauchten die ausländischen Gäste in ihr Taxi. Wir gingen zu unserem Wagen, und mein werter Gatte winkte dem Taxi mit einem herzlichen Lächeln hinterher. Den würde ich in der nächsten Stunde mit eisernem Schweigen strafen.

2

Es war die Idee meines Verlegers gewesen, uns alle zusammenzubringen. Der Maler Ferenc, von Geburt Tscheche, aber eigentlich Deutscher, nachdem er, von einigen Unterbrechungen abgesehen, sein Leben lang in Berlin gelebt hatte, war einige Jahre sein direkter Nachbar in Amsterdam gewesen. Auch ich kannte Ferenc aus jener Amsterdamer Zeit vor nunmehr fünfzehn Jahren. Nachdem ich Ferenc, der damals auf dem Höhepunkt seines Ruhms war, einmal für eine Kunstzeitschrift interviewt hatte, hatte er mich gefragt, ob ich ihm Modell sitzen würde, und in den Monaten ,in seinem warmen Atelier hatten wir uns recht gut kennengelernt.

Ich hatte noch nie jemandem Modell gesessen oder mich auch nur so betrachten lassen, wie ich es Ferenc damals gestattete, aber mit seiner Sanftmut hatte er mich aufgetaut. Später hatte ich diese Sanftmut grinsend strategisch genannt – böse konnte ich ihm da schon nicht mehr sein.

Dass er mich malen wollte, hatte er mir unmissverständlich gesagt. Nur nicht, wie.

Das ging mir erst auf, als ich sah, was er für die Sitzung bereitgestellt hatte: ein Bett im Stil der *Olympia* von Manet, mit bunten Stoffen, Satinkissen, Federboas in Hellgrün und Schwarz ... Ferenc sah mich mit seinen kleinen blauen Augen nur fragend an, freundlich, fast ein wenig verlegen. Ich erschrak. Für Nacktheit muss man innerlich bekleidet sein, dachte ich panisch. Und es hilft auch, wenn man an gewissen Stellen geölt und trainiert ist – und das war ich nicht. Ich war Anfang zwanzig, aber unter meinen Kleidern geheim. Und ich kannte Ferenc kaum.

»Du meinst ...«, murmelte ich.

Von seiner Staffelei aus flüsterte er: »Nackt ist am schönsten, aber wenn du das nicht möchtest ...«

Die Souveränität eines Picasso besaß er nicht, geschweige denn die eines Edouard Manet – und ich hatte nie von einer Karriere als Nacktmodell geträumt. Ferenc seufzte eine Weile vor sich hin und setzte dann ein paar hilflose schwarze Striche auf die Leinwand, als bliebe ihm nichts anderes übrig. Dass es reine Verlegenheit war, woran er litt, und nicht etwa kaschierte Lust, sah ich schon. Aber warum ich? Ich konnte im Grunde nur klug daherschwätzen. Die Rolle hatte ich von jeher gut zu spielen gewusst, zumal in Gesellschaft älterer Männer. Tirza Danz, die Schriftstellerin in spe, die eine handfeste Sprache draufhatte. Aber jetzt … nichts war ich mehr, zitterndes Espenlaub, klein und verschreckt. So eitel ich auch damals schon meine Augen schminkte (Spiegel der Seele!), meine körperlichen Rundungen hielt ich lieber in kleidsamen Miniröcken, weiten Pullis und kurzen Jäckchen versteckt.

Nichts tat sich. Keine weiteren Überredungsversuche, keine Unterhaltung, nichts außer diesen leisen, lahmen Strichen auf der Leinwand – ein Vakuum.

Da zog ich mich zu meiner eigenen Verblüffung mir nichts, dir nichts aus, als wollte ich ihm Skrupel nehmen, die offenbar gravierender waren als meine.

Ausgezogen fühlte ich mich seltsamerweise gar nicht so nackt, wie ich zuvor gedacht hätte. Meine Haut war warm und mit einem Selbstvertrauen aufgeladen, das mir neu war. Angst hatte ich nicht mehr. Wir würden jetzt gemeinsam an einem Bild arbeiten, ich, indem ich meine Kleider abgelegt hatte, er, indem er die Leinwand mit Farbe bekleidete.

Danach saß (oder besser lag) ich ihm einmal die Woche Modell. Und ich fühlte mich in meiner Nacktheit immer wohler, muss ich sagen. Ich gab mir auch Mühe – damit er sich nicht mehr so schwertat. Die Stille, die sich beim Malen einstellte, diese erstarrte Verzückung, in der nur seine Hand sich bewegte, wurde mir lieb. Und mich rührte der angespannte Ausdruck, der auf sein Gesicht trat, wenn er sich an die Arbeit machte, und der verschwand, sowie er den ersten gelungenen Pinselstrich getan hatte. Ich empfand beim Modellsitzen wahrhaftig so etwas wie Stolz, wo ich doch überhaupt kein Talent zur Hingabe besitze.

Zita, eine extravagante südländische Erscheinung, um die zwölf Jahre jünger als Ferenc, spielte auch damals schon eine Rolle in seinem Leben, aber sie wohnten noch getrennt. Ihm lag zu viel an seiner Einsamkeit, um jemanden unter seinem Dach dulden zu können. Damit sie trotzdem ein Auge auf ihn haben konnte, hatte sie sich eine Wohnung in seiner Nähe gemietet, schaute in regelmäßigen Abständen bei ihm vorbei, inspizierte seinen Kühlschrank und hinterließ Anweisungen für seine Putzfrau. Sie kochte oft für ihn und war seine feste Begleiterin auf Vernissagen in der Stadt. Dass er Freundinnen hatte, dürfte sie gewusst haben, aber sie hat wohl versucht, darüber hinwegzusehen. Jedenfalls hinderte es sie nicht daran, seine Katzen zum Tierarzt zu bringen oder ihm ein prachtvolles roséfarbenes Möbel mitzubringen, das sie bei einer Versteigerung ergattert hatte. »Das eignet sich doch wunderbar für das Bild mit dem Ei und dem Flamingo«, sagte sie dann, und Ferenc nickte nur. Er bewunderte ihren Geschmack und wusste, dass sie meistens recht hatte.

Ich begegnete den beiden mehrfach bei Buchpräsentationen, Ausstellungseröffnungen und auf Partys, und Zitas Nicken fiel immer desto kürzer und kühler aus, je herzlicher Ferenc mich begrüßte. Durch den ganzen Raum hindurch, den wir bei solchen Gelegenheiten notgedrungen teilten, fühlte ich dann ihren eiskalten Blick auf meinen Beinen und meinem noch jungen Hals. Sie dachte offenbar, dass zwischen Ferenc und mir mehr war als nur die Spannung des im Werden befindlichen Bildes.

Vielleicht machte sich Ferenc auch tatsächlich Hoffnungen, das kann ich nicht ausschließen. Der Typ dafür war er schon. Aber ich hatte frühzeitig beschlossen, keinerlei noch so raffinierten Verführungsversuchen seinerseits nachzugeben – und habe es auch nie getan. Unsere Sitzungen mündeten freilich häufig in lange Abende in Ferencs Lieblingsrestaurant. Eine ungewöhnliche Freundschaft hatten wir miteinander, das war alles.

Wohlweislich, denn Ferencs Launenhaftigkeit war nicht ohne, und trotz seiner äußerlichen Sanftmut hatte er schon ziemlich altmodische Auffassungen von den Unterschieden zwischen Mann und Frau (siehe seinen Umgang mit Zita).

3

Auf einem Verlagsfest erzählte Bastiaan uns voller Stolz, dass er ein Bild für sein Büro gekauft habe. Er habe es in Auftrag gegeben, bei einem guten Freund von ihm, dem deutschen Maler Ferenc Lasko.

Das war ja mein Ferenc, stellte ich überrascht fest.

Ferenc und er seien nach dessen Amsterdamer Zeit in Kontakt geblieben, erzählte Bastiaan, auch jetzt noch, da er längst wieder in Berlin lebe. Ferenc arbeite schon seit über fünf Monaten an dem Bild. Aber demnächst werde er es persönlich bei ihm abliefern.

Ja, so lange brauchte Ferenc für ein großes Bild, daran erinnerte ich mich nur zu gut.

Kurz bevor er endgültig nach Berlin zurückging, hatte Ferenc mich feierlich in sein Atelier geladen. Es gab sogar Champagner. Die riesige Leinwand stand in einer Ecke und war mit weißer Seide verhüllt, die Ferenc mit eleganter Handbewegung entfernte.

Ich verließ stehenden Fußes das Atelier, Champagner hin oder her. Rasend vor Wut war ich. So sehr, dass ich mich nicht einmal von Ferenc verabschiedete, als er wenige Wochen später nach Berlin abfuhr.

Im Nachhinein kann ich zwar nicht mehr ganz nachvollziehen, wieso ich derart heftig reagiert habe, aber ich weiß noch genau, wie sehr ich mich durch meine Darstellung gedemütigt und lächerlich gemacht fühlte. Das war eine Karikatur meines Körpers und meiner Jugend, fand ich, nicht mehr und nicht weniger. Er hatte mein zartes Selbstvertrauen mit Füßen getreten, wo ich ihm doch damit entgegengekommen war. Er hatte mit der liederlichen Wollust, die aus dem Bild sprach, mein Vertrauen in ihn missbraucht und sich in seiner ganzen Ungeheuerlichkeit geoutet.

Mein Zorn darüber hielt lange an. Ich war eben noch sehr jung, und die Fähigkeit zur Selbstrelativierung kam bei mir höchstens in Form von modischem Geschwafel mit meinen Freundinnen vor. Doch zum Glück besserte sich das mit der Zeit, und ich schämte mich nachträglich für mein kindisches Verhalten. Obwohl ich die Karten voller Fragezeichen und lustiger Zeichnungen, die Ferenc mir hin und wieder schickte, immer noch unbeantwortet ließ.

Erst Jahre später, als ich kurz vor einer Lesung in

Berlin – mein erstes Buch, ein Erzählungsband, war gerade in deutscher Übersetzung erschienen – einen Brief von Ferenc erhielt, dass er mich gerne wiedersehen würde, antwortete ich postwendend. Ich war froh über die Gelegenheit, mich für mein damaliges Verhalten entschuldigen zu können, und verabredete mich mit ihm.

Als er nach meiner Lesung auf mich zukam, erschrak ich kurz. Er war so viel älter und grauer geworden. Der große Meister war geschrumpft, und das tat weh.

Doch wie sich zeigte, war Ferenc noch genauso agil und seine Welt so groß wie eh und je. Er lud mich für den nächsten Tag zu sich nach Hause ein. Er wohnte immer noch allein, und Zita, der rettende Engel im Hintergrund, zwei Straßen weiter. Seine Wohnung bestand aus einer geräumigen Küche, einem Schlaf- und einem Wohnzimmer, das als Atelier eingerichtet war. Es war kalt bei ihm, und alles wirkte ein wenig heruntergekommen.

»Lass Zita doch bei dir einziehen, Mensch, wovor hast du eigentlich Angst?«, sagte ich. Wir hatten zu unserem alten Umgangston zurückgefunden, meine anfängliche Wehmut war verflogen.

Ferenc hatte eigens für mich das Bild aus seinem Depot kommen lassen. Es stand mit dem Rücken zu uns in seinem Atelier.

»Möchtest du es sehen?«, fragte er.

Ich hatte ganz vergessen, wie groß es war. Als Ferenc es umdrehte, hielt ich die Luft an – und atmete gleich wieder aus: Ich verstand meine einstige Wut überhaupt nicht mehr.

Ja, das war ich mal gewesen. Auf diesem prachtvollen Bild. Ganz schöne Rundungen hatte ich gehabt. Weiß und sahnig prangten meine Hüften in der Farbenpracht, die er um mich drapiert hatte, und auch aufreizend schamlos, wie ich sah. Er musste sie wohl ein wenig akzentuiert haben, desgleichen die festen kleinen Brüste, die Wölbung des Bauchs und die glatten Schenkel. Mein Gesicht, in wenigen Strichen von ihm festgehalten, wirkte fast abstrakt, aber ich erkannte mich sofort, an den Augen, den Brauen, der Nase … Wie weich, rund und kindlich noch alles gewesen war. Ich begriff plötzlich, was er in mir gesehen hatte, damals, und es machte mich melancholisch, dass dieses Sahnige, Runde, Weiche, das ich jetzt sehr wohl an mir geschätzt hätte, mit den Jahren spurlos verschwunden war.

»Ich habe mich nie getraut, es zu verkaufen«, sagte Ferenc. »Deinetwegen. Weil du es so schrecklich fandest.«

Ich schämte mich wieder und sagte erst mal nichts.

»Aber jetzt finde ich es toll!«, platzte es dann aus mir heraus. Und das war ungelogen. »Obwohl ich es selbst nie haben wollte«, schränkte ich jedoch gleich ein.

Und da ich sehen konnte, dass Ferenc gut etwas Geld gebrauchen konnte, fügte ich großzügig hinzu. »Verkauf es doch bitte.«

Er küsste mich auf die Wange und sagte: »Ich mach noch rasch ein …«

Er gab mir ein Polaroid mit.

Einige Monate später schrieb er mir eine Karte, dass er das Bild einer vermögenden jungen Frau verkauft habe, die es ihrem Freund schenken wolle. Die Frau sehe mir ein bisschen ähnlich, meinte er, wie eine vorderasiatische Ausgabe von mir. Vielleicht habe sie es deswegen haben wollen.

Dass das Bild nun definitiv weg war, machte mich ein bisschen traurig, doch ich entschied, dass es gut so war.

Das war inzwischen rund vier Jahre her. Ferenc musste jetzt Mitte siebzig sein.

Zita lebe endlich mit Ferenc zusammen, erzählte Bastiaan. Sie seien sogar verheiratet und wohnten in Heidelberg. Und jetzt würden sie nach Amsterdam kommen, um Bastiaans Bild einzuweihen. Er habe sie zu sich nach Hause eingeladen. Er würde sich freuen, wenn wir auch kämen.

4

Schon auf der Hinfahrt nach Amsterdam kochte ich vor innerer Wut auf Marvin.

Er hatte gerade das erste Kapitel des Buches gelesen, an dem ich nun schon seit mehr als einem Jahr herummurkste, und mit Rot derart darin herumgestrichen und -geschmiert, dass ich mich schon fast körperlich misshandelt fühlte. Die Demütigung machte mich stumm. Ich konnte einfach nicht zugeben, wie sehr ich darunter litt, dass er so anmaßend autoritär mit meinem neuesten Werk umging, zumal ich überhaupt nicht damit vorankam. Wie ein Fluch verfolgte mich schon der Gedanke: Ich bin eine Eintagsfliege. Ich werde nie wieder etwas Gutes zustande bringen.

Marvin und ich waren mittlerweile an die zehn Jahre zusammen.

Er schrieb schon seit seinem achtzehnten Lebensjahr und konnte mindestens fünfzehn Romane vorweisen. In literarischen Kreisen wurde er bis zum Gehtnichtmehr für seinen Stil gerühmt, und seine Bücher hatten sich immer ganz gut verkauft, wenn auch nicht übermäßig.

Solange ich ihn kannte, hatte er mich ermuntert, meine Erzählungen zu publizieren, und als ich an meinem ersten Roman schrieb, dem Roman, der mir so viele Leser bringen sollte, hatte er mich angefeuert, aufgebaut und bearbeitet, als wäre er mein Coach. Die alles andere als milden Rezensionen – von denen die Masse der Leser komischerweise unbeeindruckt blieb – hatten ihn verwundert.

Wieso ich also jetzt gleich so eingeschüchtert war, wusste ich nicht.

Wir kamen ein wenig zu spät. Alle anderen seien schon da, sagte Bastiaan. Er führte uns in den Garten. Aber noch bevor wir dort angelangt waren, ertönte ein spitzer Schrei, und Zita kam Marvin entgegengetrabt.

»Wie fantastisch, dich hier zu sehen!«

Ich wusste nicht, dass Marvin Zita schon kannte. Er wohl auch nicht, wie ich seinem überraschten Gesicht entnahm.

Zita trug ein bordeauxrotes Seidenkostüm, schick und kokett, und eigentümliche, sehr spitze Pantoffeln. Trotz dieser Extravaganz, zumal bei der Hitze, wirkte sie jetzt im Gegensatz zu früher irgendwie gesettelt. Sie war in ihrer Rolle als Ferencs Angetraute aufgeblüht, konstatierte ich. Sie musste mindestens sechzig sein, sah mit ihrer hochgesteckten roten Mähne und ihren großen, blassgrünen Augen im flächigen Gesicht aber viel jünger aus. Sie überschüttete Marvin derart mit Komplimenten zu seinen Werken, dass es schon komisch war. Alle mussten lachen. Marvins Bücher waren subtil und literarisch ausgefeilt, er hatte schon zahlreiche Preise dafür bekommen und war in viele Sprachen übersetzt worden. Dass er eine große Anziehungskraft auf (meist ältere) Frauen hatte, war ich schon gewohnt.

Trotz allem musste ich auch unweigerlich lachen. Zitas Bewunderung war zwar irgendwie peinlich, aber weil sie so unbefangen rüberkam, entschied ich, dass ich Zita nach all den Jahren nun doch mochte, und so sträubte ich mich denn auch nicht, als sie mich gleichermaßen überschwenglich begrüßte. Sie umarmte mich und jauchzte geradezu über »die wundervolle Dekadenz« meines Outfits. Ich hatte zu diesem Anlass ein luftiges, halblanges Kleid im Stil der zwanziger Jahre angezogen, mit einem langen roséfarbenen Isadora-Duncan-Fransenschal um den Hals. Dazu trug ich die Diamantohrringe, die Marvin mir geschenkt hatte. Seit meinem ersten Roman, von dem inzwischen rund dreihunderttausend Exemplare verkauft waren, hatte ich Lust auf Dinge, die teuer waren und teuer aussahen.

Dann erst bekam Ferenc die Gelegenheit, mir die Hand zu küssen, wie er es früher schon immer getan hatte, und wir nickten einander nach all den

Jahren ein wenig verlegen zu. Er erklärte, dass Zita in Deutschland einer Literaturstiftung vorstand, die Lesungen organisierte. Daher kannte sie Marvin, der einmal dort aufgetreten war.

Anschließend wurden wir mit dem letzten noch verbleibenden Anwesenden bekanntgemacht, einem jungen deutschen Autor, der uns seit unserem Eintreten nicht aus den Augen gelassen hatte. Ich fühlte seinen bohrenden Blick, egal, wohin ich schaute.

Axel Andel war sein Name, und Bastiaan würde im Herbst ein Buch von ihm herausbringen. Ich war mir sicher, dass ich den Namen schon gehört hatte. Bastiaan stellte Andel großspurig als den »angry young man« des deutschen Sprachraums vor. Aber so jung schien er mir nicht zu sein, nicht jünger als ich jedenfalls. Unweigerlich kreuzten sich immer wieder unsere Blicke. Ich war nicht von ihm angetan, hatte aber trotzdem das eigenartige Gefühl, ihn schon lange zu kennen. Wie und woher, hätte ich nicht sagen können.

Nach dem Essen würden wir das Bild zu sehen bekommen, kündigte Bastiaan aufgekratzt an.

Es gab Tomaten mit Mozzarella und Basilikum, und Kitty hatte ein großes Olivenbrot dazu gebacken. Sie drückte es wie eine Bäuerin an ihre Brust und schnitt für jeden eine dicke Scheibe davon ab. Bastiaan redete von den islamistischen Anschlägen der letzten Zeit, und ich sah Marvin an, dass er sich für eine politische Diskussion zu erwärmen begann. Andel hielt sich vorerst noch bedeckt, hörte aber scharf zu.

Auch Zita folgte dem Gespräch – zumindest war sie einige Minuten lang sehr still. Dabei blickte sie strahlend in die Runde und forschte offenbar nach einer Möglichkeit, die Aufmerksamkeit auf sich zu ziehen. Ihr Blick blieb an Marvin hängen, der sich mit Ferenc unterhielt.

Bastiaan zwinkerte mir, für die anderen unsichtbar, zu. Darauf schaute auch Zita kurz in meine Richtung, als fürchte sie, dass ihr etwas entginge, und wandte den Kopf dann mit einer ostentativen Bewegung wieder Marvin zu. Marvin schob sich gerade einen Bissen Mozzarella mit Basilikum in den Mund.

»Weißt du, dass ich allen meinen Freunden deine Bücher schenke?«, schmeichelte sie ihm lauthals.

Marvin warf mir einen hilflosen Blick zu. O nein, nicht schon wieder, sah ich ihn denken.

Ich reagierte nicht auf so viel Koketterie.

»Ich fühle mich sehr geehrt«, sagte er darauf. Ein Schnipsel Basilikum verdunkelte einen seiner Schneidezähne.

»Sie sind so umwerfend geistreich! So herrlich gemein, so treffend, so menschlich! Ich erziehe meinen gesamten Freundeskreis mit deinen Büchern, wusstest du das?!«

Marvin lachte (der Basilikumschnipsel war immer noch da), Bastiaan lachte, Ferenc lächelte nur, mit leicht gerunzelten Augenbrauen. Oder bildete ich mir das ein?

Ich spürte, dass Axels Blick auf mich gerichtet war. Zita wandte sich jetzt ihm zu, von der Seite.

»Es ist eine große, große Schande, aber Ihre Romane habe ich immer noch nicht gelesen. Sowie ich wieder zu Hause bin, werde ich sie mir alle besorgen! Auf der Stelle, das verspreche ich! Aber Ihre Kolumnen sind mir ein Begriff! Sie haben doch bestimmt schon jeden, der in der literarischen Welt in Deutschland irgendeine Rolle spielt, einen Kopf kleiner gemacht – täusche ich mich, oder habe ich recht?«

Axel schien tatsächlich kurz zu erröten. Das heißt, sein Gesicht, das ungewöhnlich blass und ausgemergelt aussah (im übrigen hatte er schwarze Augen unter schwarzen Brauen, eine sehr hagere, dunkel überschattete Kinnpartie und schütteres Haar – ein Fall von jugendlicher Kahlheit), nahm etwas mehr Farbe an. Seine Miene blieb ungerührt.

»Da sagen Sie was. Die literarische Welt in Deutschland! Ich fürchte … Es geht einfach mit mir durch … Aber letztlich spricht daraus mit Sicherheit nur mein tiefer Respekt vor der deutschen Gesellschaft«, sagte er. Jetzt erst hörte ich, wie ungewöhnlich hoch seine Stimme war. Alle lachten. Ich verspürte das vage Bedürfnis, ihm zu gefallen. Wo ich seinen Namen schon gehört hatte, war mir immer noch nicht eingefallen.

Nun konnte Bastiaan es als Verleger nicht länger dulden, dass ich übergangen wurde.

»Wir wollen aber nicht vergessen, dass wir noch eine Schriftstellerin am Tisch haben! Tirzas Erzählungen und natürlich ihr erster Roman, *Der Vater*... meisterhaft und ein solcher Erfolg, sowohl in den Niederlanden als auch in Deutschland...«

»Natürlich! Natürlich! Aber... für mich ist Marvin nun mal der viel bessere Autor!«, rief Zita ausgelassen.

Es war plötzlich mucksmäuschenstill, und Zita blickte mit hochgezogenen Augenbrauen von einem zum anderen.

»Oh! Das passiert mir aber auch dauernd! Darf ich denn das nicht sagen? Tirza, ich habe dich doch nicht gekränkt, oder?«

»Nur keine falsche Scheu«, sagte ich und versteckte meine Hände sicherheitshalber unter dem Tisch. Dass sie zitterten, brauchte keiner zu sehen. »Wir leben schließlich in einem freien Land.«

»Zitta!«, zischte Ferenc sie an.

Marvin lachte. So ein Lachen, das alles relativieren sollte.

»Bastiaan?«, flehte Zita. »Wie kann ich das wiedergutmachen? Meine Meinung ist doch auch gar nicht so wichtig, oder?«

»Es ist ungerecht, so etwas zu sagen, Zita …«, erwiderte mein Verleger kopfschüttelnd und leicht vorwurfsvoll.

»Nein«, sagte ich, so klar und deutlich ich konnte, »deine Meinung ist nicht wichtig, ganz und gar nicht.«

»Tirza!«, sagte Marvin.

Ich sah, dass Axel Zita mit etwas Gierigem im Blick anschaute, ich meinte sogar einen Moment, dass sich sein Mund öffnete, als träume er davon, sie verschlingen zu dürfen, genüsslich, mit viel Speichel, eine große Serviette umgeknotet, ein Stück Brot griffbereit, um es in die Soße zu stippen … Morgen würde er etwas darüber schreiben, dessen war ich mir sicher, eine Kolumne, eine Romanszene … Das sagte mir dieser Blick in seinen Augen, dieser gierige Mund. Der Mann genoss so sichtlich, dass das Ganze garantiert am nächsten Tag von ihm durchgekaut und mit seinen Körpersäften vermengt wieder das Licht der Welt erblicken würde, etwas anderes war für mich undenkbar.

Und ich? Was würde ich tun? In dem Moment

ging mir schockartig auf, woher ich Axels Namen kannte. Er war der Autor von *Der Vater*, dem Buch, das in etwa zur gleichen Zeit in Deutschland erschienen war wie mein gleichnamiger Roman in den Niederlanden. Ich hatte mehrmals angefangen, sein Buch zu lesen, war aber nie über Seite vierzig oder so hinausgekommen. Es war mir zu verworren, zu schwarz und zu abstrakt. Das langweilte mich. Es hieß, die Thematik unserer Bücher weise Übereinstimmungen auf. Wie ich hatte er über einen vom Krieg traumatisierten Vater geschrieben. Einen Vater, der schimpft und schreit und alles im Licht dessen sieht, was im Krieg geschehen ist, und dennoch ein lieber Vater ist. In den Niederlanden hatte die Übersetzung von Axels Buch unter einem anderen Titel erscheinen müssen – sonst hätte es keine Chance gehabt, hatte Bastiaan erklärt.

Die Stille blieb wie eine Dunstglocke im Raum hängen. Dann begann Bastiaan zaghaft vom Einkauf eines unbekannten italienischen Schreibtalents zu erzählen, das in Deutschland riesigen Erfolg habe, und Kitty sagte nervös, sie gehe jetzt den Fisch holen. Ich musste aufs Klo, konnte mich aber nicht rühren, mir war, als wäre ich an meinem Stuhl festgeklebt.

Nicht lange danach stand ein mächtiger dampfender Lachs auf dem Tisch. Jeder von uns hatte ein Stück Zitrone bekommen, »um mit dem Saft das Gift zu neutralisieren, das in jedem Fisch drin ist«, wie Bastiaan sagte. Kitty hatte Bratkartoffeln dazu gemacht und eine große Schüssel Salat. Ich mochte Lachs, aber mir war der Appetit vergangen. Trotzdem rührte es mich, mit welcher Fürsorge Kitty das Essen zubereitet hatte.

Nach dem Fisch kam noch ein Dessert, und nach dem Dessert schenkte Kitty Grappa ein, der uns allen zu Kopf stieg. Es war etwas vorgefallen, was dem Gespräch das Herz herausgerissen hatte, aber so wenig zu sagen geblieben war, keiner schien den Mumm zu haben, den Abend einfach zu beenden. Im Gegenteil, plötzlich musste jedes Thema von acht oder neun Seiten beleuchtet werden, ohne dass man zu einem Schluss kam, es wurde eifrig gelacht, und die allgemeine Bereitschaft zu animiertem Geplauder war groß.

Ich fand das beklemmend und hasste mich selbst für meine Überempfindlichkeit, die ich in den vergangenen Monaten unmerklich aufgebaut hatte.

Marvin kam nach einer Weile genauso in Fahrt wie Bastiaan. Er schrieb zwar nicht über andere Autoren, aber das hielt ihn nicht davon ab, über sie zu reden.

Axel hörte nur zu, wie auch Ferenc und ich. Seine Konzentriertheit dabei und seine hin- und herschießenden Augen weckten meinen Argwohn. Ich fürchtete, dass er viel zu viel sah und hörte. Aber Marvin reagierte nicht auf meine warnenden Blicke. Zita schwelgte. Girrend goss sie Öl ins Feuer. Ich hasste sie alle, und Marvin ganz besonders. Vor allem seine unerschütterlich gute Laune, gerade an diesem Abend, brachte mich in Rage. Geschmeichelt, gefeiert – ich missgönnte ihm die Ausgangsbasis für seine Heiterkeit. Anscheinend bemerkte er überhaupt nicht, dass der Abend für mich endlos war. Marvin, der so viel besser war als ich, der einzige von uns beiden mit Talent – Zita hätte mich nicht schlimmer treffen können, das hatte sie gut erfasst, die alte Hexe. Alles, was nach ihrer Bemerkung noch kam, war für mich nur eine quälende Verzögerung des ersehnten Abschieds.

5

Dann wandte sich Axel, der mir gegenübersaß, mir zu. Nach Zitas Bemerkung hatte sein Blick auch in Bezug auf mich etwas Genüssliches angenommen. Dass jetzt die Krallen ausgefahren worden waren und man vor seinen Augen jemanden gedemütigt hatte, machte dem Typ sichtlich Spaß. Er beugte sich ein wenig vor, um die Beute besser beäugen zu können.

Ich hatte zwar nur wenig von ihm gelesen, doch an diesem Blick erkannte ich bei aller Wut mit einem Mal, wer und was er war. Er war das, was man einen Schwarzschreiber nannte. In den Niederlanden gab es auch ein paar von der Sorte. Komisch, je vehementer ihr Nihilismus, je düsterer und kälter ihr Weltbild, je liebloser ihre Ironie (ganz zu schweigen von ihrer kryptischen Sprache), desto mehr wurden solche Autoren von den Qualitätsmedien umhegt und umhätschelt.

Öffentlichkeit, ich verachte dich! riefen diese Schriftsteller. Menschheit, ich verachte dich! Und das Kulturestablishment klatschte vor lauter Schiss davor, womöglich selbst zur Zielscheibe der Verachtung zu werden, in die feinen Hände und spendete lauten Beifall. Für psychologisch gut gemachte, spannende Geschichten war in ihrer Ehrengalerie kein Platz, wohl aber für sie, die unverhohlen ihre grundlose Verachtung für jeden und alles bekundeten, sogar für etwas so Selbstverständliches wie den inneren Zusammenhang eines Textes. Sie brillierten in der Produktion von Sätzen. Man brauchte ja nur zwei äußerst befremdliche Sätze aneinanderzureihen, die im Grunde nichts miteinander zu tun hatten, und schon suggerierte man unendlichen Tiefsinn. Und wenn man möglichst viele solcher Sätze produziert hatte, nannte man das Ganze am Ende einen innovativen Roman, und solche Bücher wurden mit Samthandschuhen angefasst, darauf konnte man wetten, dachte ich grimmig.

»Es ist kein Zufall, dass dein Verleger jetzt auch der meinige ist«, sagte Axel, während er mich mit zusammengekniffenen Augen genau beobachtete.

Ich versuchte nicht mit der Wimper zu zucken und erwiderte seinen Blick so neutral ich konnte.

»Ach«, sagte ich nur.

Dann schaute ich rasch zu Ferenc hinüber. Ich wünschte, ich hätte näher bei ihm gesessen. Die

Stille, die unwillkürlich zwischen uns eintrat, gefiel Axel nicht, das sah ich seinem Blick an.

»Wieso?«, fügte ich daher noch hinzu.

»Er hatte etwas gutzumachen.«

»Ach ja?«

»Weißt du wirklich nichts davon?«

»Keine Ahnung. Vielleicht bist du so freundlich, es mir zu erzählen?«

Seine Stimme hatte einen unheilverkündenden Ton angenommen, der mich ärgerte.

»Aber du weißt doch sicher von dem Streit, den ich mit deinem deutschen Verleger hatte.«

»Streit? Nein, davon weiß ich nichts. Warum?«

»Wegen des Titels natürlich. *Der Vater*.«

»Was ist mit *Der Vater*?« Ich wusste natürlich genau, worauf er abzielte.

Im Gegensatz zu dem, was Axels Buch in den Niederlanden widerfahren war, hatte mein deutscher Verleger keine Veranlassung gesehen, den Titel zu ändern. Ich war ehrlich gesagt immer davon ausgegangen, dass alle Beteiligten damit einverstanden gewesen waren. Aber da hatte ich mich dann wohl getäuscht. Dass Axel für seine niederländische Ausgabe den geänderten Titel *Familie* akzeptieren musste, hatte ihn offenbar schwer verstimmt.

»Wie ärgerlich.«

»Man hat mir eine gütliche Einigung angeboten.«

»Dann ist doch alles in Ordnung, oder?«

Axel antwortete nicht gleich. Er sah mich eine Weile an und grinste dann.

»Ganz und gar!«, sagte er.

Seine Stimme senkte sich, und er ließ sich über die Probleme aus, die er mit seinem jüngsten Buch gehabt hatte. Es sei aus dem Handel genommen worden, nachdem seine Exfreundin gegen ihn prozessiert habe.

»Wieso denn das?«, fragte ich.

»Sie fand, es handle allzu offensichtlich von ihr.«

»War das denn so?«

»Natürlich nicht. Es war Fiktion.« Er grinste. »Fiktion! Sie war schon Fiktion, als wir noch zusammen waren. Und sie wurde eigentlich sukzessive fiktiver. Jeder, mit dem ich zu tun habe, wird früher oder später fiktiv. Wieso auch nicht? Ich bin Schriftsteller. Ein offenes Buch! Jeder weiß das, ich mache keinen Hehl daraus, dass ich Schriftsteller bin, ein gefräßiges Ungeheuer, hungrig auf der Suche nach Material! Alles ist Material!«

Ich dachte an den Kurs »Kreatives Schreiben«, den ich an einem College gab. Da verkündete ich auch mit aller Entschiedenheit: *Alles ist Material!* Das war sogar einer meiner liebsten Lehrsätze.

»Es muss schrecklich sein, wenn über einen geschrieben wird«, sagte ich. »Du wirst von einem anderen in ein Korsett gezwängt. Ein anderer bemächtigt sich deines Lebens. Das kann man schon als gewaltsame Unterwerfung empfinden.«

»Das ist eine primitive Denkweise, wenn du mich fragst. Es geht doch um Transformation und letztendlich um Sinngebung. Um die Herstellung von Zusammenhängen, die im wirklichen Leben nicht da sind. Was kümmern mich die Probleme meiner Modelle? Ich habe auch Rechte! Ich tue keinem was …«

Ich musste zugeben, dass Axel mich angenehm überraschte.

»Ich schreibe auch über Dinge, die ich … kenne«, sagte ich.

Es blieb still. Ich fragte mich, ob Axel mein Buch genauso schlecht gelesen hatte wie ich seines. Das war sehr wahrscheinlich. Von den Autoren, die ich kannte, lasen die meisten nichts von anderen. Aus Desinteresse und, unter befreundeten Autoren, vielleicht auch aus weiser Voraussicht. Letzten Endes war Schweigen besser für das gute Einvernehmen als ein wahres Wort.

»Schreiben heißt lügen, stehlen und morden«, sagte Axel. »Aber das können sie einem doch nicht verbieten, oder?«

Ich lachte. »Hat man das Buch tatsächlich aus dem Handel genommen?«, fragte ich.

Axel erzählte, dass seine Exfreundin gebürtige Türkin sei. Der Richter habe daher das Argument vorgebracht, dass er mit seinem Buch ihr Leben gefährdet habe, weil sie für die Gemeinschaft dort erkennbar gewesen sei.

»Sie war verheiratet, weißt du, unsere Beziehung stellte von ihrer Seite aus also Ehebruch dar. Sie hatte eine Heidenangst vor ihrem Mann und ihren Brüdern. Über die habe ich auch einiges Unfreundliche geschrieben. Sie ist ziemlich paranoid, fürchte ich. Und zudem war sie natürlich wütend auf mich.«

»War sie leicht zu erkennen?«

»Ach wo. Na ja, und wenn schon. Sie behauptete es jedenfalls. Es ist ein Skandal, für die Literatur ist das ein Skandal …«

»Ist das Buch übersetzt worden?«, fragte ich.

»Nein, nach dieser Affäre wollte es kein einziger ausländischer Verlag haben«, sagte Axel. »Ich hoffe jetzt ganz auf Bastiaan. Zuerst macht er mein vorhergehendes Buch, und danach, vielleicht … Er hat ja immer noch etwas wiedergutzumachen …«

»Ach«, sagte ich. »Ich dachte, mit der gütlichen Einigung wäre alles bereinigt?«

»Ich meine moralisch …«

»Hm«, sagte ich. Mich beschäftigte etwas anderes. »Du hast also nach *Der Vater* schon wieder *mehrere* neue Bücher geschrieben …?«

6

Nach dem Dessert schauten wir uns Ferencs Bild an. Es war grandios. Erst bei näherer Betrachtung konnte man menschliche Gestalten darauf erkennen. Die bei weitem augenfälligste war ein lesender Mann, dem alles Geruhsame, das man damit verbindet, fehlte. Er hielt sein Buch nicht, sondern es war, als drückte ihn ein gewaltiger Orkan mit ausgebreiteten Armen gegen eine Wand und als hinge das Buch vor ihm an einer Angel oder einem Zweig. Die Mauer war grün, ein wundervolles, mit Gold durchwirktes Grün, und der Mann war ein nahezu schwarzer Fleck, ein Schemen mit Buch, ein anonymer Leser. Das Buch war violett, und der Himmel hellgrau. Auf der linken Seite des Bildes schien eine Menschenmenge zu stehen: schwarze Gestalten, die einen Kontrast zur Einsamkeit des Lesers bildeten.

»Für mein Büro«, sagte Bastiaan mit einem Seufzer. »Ist es nicht sagenhaft? Und jetzt das Schönste. Wisst ihr, wie es heißt?«

Wir schüttelten alle den Kopf, lächelnd.

»Der Leser?«, riet ich schließlich.

Bastiaan lachte. »Nein, das würde man annehmen, nicht? Nein. Denk nach! Denk anders! Es ist die andere Seite. Schau nach links …!«

»Schriftsteller!«, verriet er strahlend. *»Schriftsteller!* heißt es. Ist es nicht wahn-sinnig?«

Wir lachten, bestätigten, dass es toll sei, und redeten so lange darüber, wie wir konnten – bis auf Ferenc. Der nickte nur noch.

7

Im Auto stieß ich einen solchen Seufzer aus, dass Marvin sofort tat, was ich gehofft hatte: Er fragte, was denn sei. Aber er fragte es kühl, nicht so, als wollte er es wirklich hören. Ich erwiderte, ob er das denn nicht wisse. Und das so drohend ich konnte. Darauf seufzte Marvin seinerseits. Da konnte ich nur noch schreien. Was ER denn ZUM TEUFEL NOCH MAL für einen Grund habe zu seufzen? brüllte ich.

In dem Augenblick gab das Auto ein eigenartiges Geräusch von sich, eine Art mutloses »Plopp!«, und wir wurden kurz durchgerüttelt. Marvin hielt mitten auf der Straße an. Ich schaute nach draußen. Wir hatten gerade mal dreißig Meter zurückgelegt.

»Platten«, sagte er und stieg aus.

Erst als ich Marvin den Wagenheber aus dem Kofferraum nehmen sah, begriff ich, was er meinte.

Ganz kurz beschlich mich der Gedanke, ich hätte den Reifen mit meinem Geschrei zerstochen. Ich stieg auch aus.

Der Wagenheber war verrostet und verweigerte den Dienst. Ich konnte Marvin nicht helfen. Aber mir ging ein Licht auf, die Identität der Schuldigen lag doch auf der Hand! Fest entschlossen marschierte ich zurück, um bei den kichernden Wasserbombenwerfern zu klingeln. Ich musste dreimal auf den Knopf drücken.

Eine für ihr Alter viel zu jugendlich gekleidete Frau öffnete die Tür.

»Sie beschuldigen meine Kinder des Vandalismus?«, folgerte sie auf meine Erzählung hin. Ihre Stimme klang kalt.

»Na ja …«, fuhr ich freundlich, aber entschieden fort, »ich fragte mich, ob Sie überhaupt gemerkt haben, dass bei Ihnen aus dem dritten Stock mit Wasser gefüllte Plastiktüten runtergeworfen worden sind. Und es war Gekicher zu hören …«

»Meine Söhne sind oben, mit Freunden. Ich ruf sie mal.«

Zwei spöttische Gesichter, jung und stolz. Etwa vierzehnjährige Jungen. Ich versuchte sie mir mit einem Messer, einem Nagel, einer Ahle vorzustellen – Spaß an der Zerstörung. Kurz tauchte auch der Kopf eines dritten Jungen auf.

»Das mit den Wasserbomben haben wir genau gesehen«, sagte ich. »Das wart ihr. Aber jetzt haben wir auch einen Platten.«

Die Mutter blieb daneben stehen. Ungerührt musterte sie ihre Söhne und danach mich.

»So ’n Pech«, sagte einer der Jungen mit Unschuldsmiene. »Vorhin war schon mal ein Mann hier, der einen Platten hatte. Aber das haben wir wirklich nicht gemacht!«

»Aber die Wasserbomben habt ihr runtergeworfen?«, fragte seine Mutter. »Du weißt doch, dass ich das nicht möchte.«

»Das war nur Spaß«, versicherte der Junge seiner Mutter mit großer Überzeugungskraft. »Aber wir zerstechen doch keine Reifen. Damit haben wir wirklich nichts zu tun.«

»Sie hören es. Mit Ihren Reifen haben die Kinder wirklich nichts zu tun«, sagte die Mutter. »Tut mir leid, aber da können wir Ihnen nicht weiterhelfen.« Langsam und beherrscht drückte sie die Tür vor meiner Nase zu, und ich konnte durch den Briefkastenschlitz hören, dass sich die Familie wortlos wieder nach oben begab.

Ich trottete zum Wagen zurück. Quer vor Bastiaans Eingang stand in der Tat ein weiterer Wagen mit plattem Reifen. Es war zum Glück nicht Bastiaans. Die Jalousien vor seinen Fenstern waren schon heruntergelassen, aber die Haustür stand offen. Ich sah ihn von weitem mit Marvin am Wagenheber rütteln. Dabei stolperte ich um ein Haar über eine vor einem Parkplatz gespannte Kette.

»Es geht nicht. Ich hab den Pannendienst angerufen«, sagte Marvin, ohne mich anzusehen. Der Wagen war immer noch leicht nach rechts geneigt und lastete mit ganzem Gewicht auf dem platten Reifen. »Sie sind schon unterwegs.«

Ich erzählte kurz von der gleichgültigen Mutter und ihren elenden Söhnen. Marvin und Bastiaan schüttelten beide den Kopf. »Was hattest du denn erwartet … Dass sie es zugeben würden?«

Da standen wir nun unter den Bäumen der breiten Allee. Es wurde langsam dunkel, und der Reihe nach gingen die Straßenlaternen an. Das erzeugte eine angenehm märchenhafte Atmosphäre. Die Wut vom zurückliegenden Abend war zu einem dumpfen Druck in meinem Kopf geworden, an den ich mich schon fast gewöhnt hatte. Aber verflogen war sie nicht. Mir schwante, dass der Pannendienst Stunden auf sich warten lassen konnte. Aber ich war nicht müde. Ich dachte an Axel. Trotz allem beschäftigte er mich.

»Hat sich Andels Buch eigentlich gut verkauft?«, fragte ich Bastiaan.

»Welches Buch? *Familie*?«

Ich nickte.

»Nein, ganz schlecht. Das frustriert ihn sehr. Er verkauft sich nicht.«

»Und trotzdem verlegst du ihn.«

»Natürlich! Ich halte ihn für einen großartigen Autor, kontrovers, wichtig …«

»Und sein letztes Buch… das aus dem Handel genommen wurde, bringst du das auch raus?«

»Ich hab's noch nicht gelesen. Aber wenn ich es gut finde, sehe ich keinen Grund, es…« Er führte den Satz nicht zu Ende.

Hinter mir ertönte plötzlich ein dumpfes Geräusch, als zerplatzte eine Melone auf dem Pflaster. Erschrocken drehten wir uns um. Ein Mann lag bäuchlings auf der Straße, aus seinem Kopf rann Blut. Er musste über dieselbe Kette gestolpert sein wie ich beinahe. Es dauerte einen Moment, bis ich begriff, dass sein Kopf das Geräusch gemacht haben musste, das mich an eine Melone denken ließ. Ich eilte im Laufschritt zu ihm hinüber.

»Mein Gott, was… kann ich Ihnen helfen?«, stammelte ich. Langsam richtete der Mann sich auf. Das Blut strömte ihm nur so über das Gesicht. Wie tot lagen seine Augen in den tiefen, dunklen Höhlen. Er war klapperdürr. Ich zuckte unwillkürlich zurück. So sah der Tod aus, dachte ich.

»Ich habe Aids«, sagte der Mann, als hätte er meine Gedanken gelesen.

»Haben Sie starke Schmerzen?«, fragte ich höflich, mit pochendem Herzen, und trat noch ein paar Schritte von ihm zurück. »Sie sind ja schlimm hingeschlagen. Kann ich etwas für Sie tun?«

Da erst sah ich das blutgetränkte weiße Taschentuch in seiner Hand, oder war es ein Verband? Das Blut auf seinem Gesicht war frisch, es strömte noch aus der klaffenden Wunde an seiner Stirn, begann aber hier und da schon zu gerinnen, auf seinen Wangenknochen, in seinen Augenbrauen, zwischen seinen Augen. Er schien es nicht zu fühlen.

»Ich muss ins Krankenhaus. Ich habe Aids, wissen Sie. Haben Sie vielleicht fünfundzwanzig Euro für mich? Dann kann ich mir ein Taxi nehmen«, sagte der Mann. Seine Stimme war monoton und drängend. Er kam einen Schritt auf mich zu.

Panisch schaute ich mich nach Marvin und Bastiaan um.

»Marvin!«, rief ich.

Aber sowohl Marvin als auch Bastiaan standen bereits neben mir.

»Vorsicht«, sagte ich, »er hat Aids, sagt er. Er will Geld für ein Taxi.«

»Hee!«, rief Marvin laut. »Was soll das? Hier hast du zwei Euro, für die Straßenbahn.« Der Mann kam noch ein bisschen näher und streckte langsam die Hand mit dem blutgetränkten Tuch in Marvins Richtung aus, als wollte er ihn schlagen, oder noch schlimmer… streicheln, besudeln, mit diesem dreckigen Todestuch…

Leise stammelte er: »Aber Sie sind doch… der Schriftsteller…«

Marvin schauderte kurz, sagte aber nichts darauf. Er starrte den Mann so hypnotisiert an, dass er das bei uns haltende Motorrad gar nicht zu hören schien. Ein Mann in Lederkluft und mit Helm stieg ab. Der Mann vom Pannendienst.

»Probleme?«, fragte er schlicht. Marvin sah ihn an. »Ich glaube, dass ...«

Der blutende Mann war sofort weg. Ehe wir's uns versahen, lief er auf der anderen Straßenseite davon, flüchtig wie ein sich auflösender Schatten. Das weiße Tuch in seiner Hand war das Letzte, was ich von ihm sah.

Als ich mir das Blut auf dem Pflaster ansah, dämmerte mir etwas. Dieses Tuch! Der Mann hatte sein Blut gar nicht zu stillen versucht. *Er hatte den Lappen von Anfang an blutgetränkt in der Hand gehabt.*

Das konnte nur eines heißen: Der Mann musste schon verletzt gewesen sein, bevor er sich mit ganzem Gewicht aufs Pflaster hatte *fallen lassen*.

»Ja, das sind die Tricks«, sagte der Mann vom Pannendienst. »Oder was meinen Sie, woher Sie den Platten haben?«

8

Auf der Rückfahrt schwiegen Marvin und ich uns aus. Die Lüftung machte einen solchen Lärm, dass mich das auch gar nicht störte, und außerdem hatte ich genügend Stoff zum Nachdenken. Mir war bewusst geworden, dass meine Wut und mein Gefühl des Alleingelassenseins überzogen waren – das Aufschlagen des menschlichen Kopfes auf dem Pflaster hatte mich so wachgerüttelt, dass ich wieder geordneter denken konnte.

Zu Hause öffnete ich noch in der Nacht die Mail von Ada Hammerstein, die mir über meinen deutschen Verlag weitergeleitet worden war. Sie sei Psychologin, schrieb sie, aus Dresden, und würde mich anlässlich meines Buches *Der Vater* gern für eine wissenschaftliche Zeitschrift für Psychologen interviewen.

Für die Zeitschrift Psychologie, *für die ich seit nunmehr sieben Jahren regelmäßig schreibe, würde ich gern ein Gespräch mit Frau Tirza Danz führen. Die nächste Ausgabe der Zeitschrift wird die psychosoziale Situation der zweiten und dritten Generation nach dem Holocaust zum Thema haben. Ich habe im Rahmen meiner Tätigkeit als Psychologin selbst viel mit Angehörigen von Holocaustüberlebenden zu tun, die ich psychoanalytisch behandle. Auch arbeite ich intensiv mit der* AMCHA, *einer Vereinigung zur psychosozialen Unterstützung von Holocaustüberlebenden, zusammen und habe bei meinem letzten Besuch in Israel zwei namhafte Regisseure (B. und C.) für dieses Projekt interessieren können.*

Mit freundlichen Grüßen
Ada Hammerstein

P. S. Da ich zu einer Gastdozentur in Stanford (USA) *eingeladen wurde, die ich in wenigen Wochen antrete, würde ich es sehr begrüßen, wenn ich baldmöglichst Antwort auf meine Anfrage erhielte. Weil ich neben meinen sonstigen Tätigkeiten noch meine Familie unterbringen muss, ist die zeitige Vorausplanung von Interviews für mich unerlässlich.*

Durch diese Mail vergaß ich ganz, dass ich sauer auf Marvin war, und rannte gleich nach oben, um ihm davon zu erzählen. Er lag schon im Bett. »Hm, verrückt«, sagte er, ohne aufzuschauen. »Am besten interviewt sie deinen deutschen Anbeter auch gleich mit – zwei Väter, zwei Kinder. Ein doppeltes gefundenes Fressen.«

»Wen?«, fragte ich verdutzt. Da erst begriff ich, wie eifersüchtig Marvin den ganzen Abend gewesen sein musste.

»Ach, du Dummkopf!«, rief ich. »Warst du deshalb so komisch? Wegen diesem Schreckgespenst?«

»Ich war nicht komisch«, maulte Marvin.

»Du hast den ganzen Abend geradezu lachhaft nett und freundlich weitergeplappert, als wenn nichts wäre«, sagte ich. »War das denn nur Theater?«

»Irgendwer musste doch was sagen, um das Ganze am Laufen zu halten, oder?«, entgegnete Marvin.

Ich konnte ihn nur anstarren, und einen Moment lang verspürte ich auch das Brennen von Tränen, zumal als Marvin dann noch sagte:

»Du bist eine verdammt gute Schriftstellerin, Tirza. Wer das Gegenteil behauptet, spinnt oder ist jämmerlich neidisch.«

Ich kuschelte mich zu ihm ins Bett. Meine Bitterkeit war mit einem Schlag verflogen.

»Wie findest du das mit Ada Hammerstein?«, fragte ich. »Ist das nicht unglaublich?«

Was mich an der Mail nämlich so verstörte, war

der Umstand, dass Ada Hammerstein der Name meiner Hauptfigur in *Der Vater* war.

Ada, meine Ada existierte wirklich!

Wer hätte das erfinden können!

9

Der Vater, mein erster Roman, mit Herzblut geschrieben und vor inzwischen schon wieder zwei Jahren erschienen, war ein unerwartet großer Erfolg. Lange war ich mit Lesungen und Interviews beschäftigt gewesen und hatte mich unbefangen, ja fast schon ausschweifend meiner Freude hingegeben. Anfangs fühlte sich der Erfolg fremdartig an, exotisch, spannend, und ich hätte niemals gedacht, dass er mich irgendwann bremsen könnte, wo es mich doch so unbeschwert und froh machte, anerkannt zu sein, in eine Welt aufgenommen, die aus nichts als Zustimmung, Glück und Reichtum zu bestehen schien. Ich war noch nie so glücklich und energiegeladen gewesen.

Doch mit der Gewöhnung erschien es mir immer häufiger so, als hätte dieses Glück von jeher irgendwo für mich bereitgelegen, sorgfältig verstaut, bis ich es eines Tages brauchen würde. Als wäre es nur gerecht und gerechtfertigt, dass mir so viel Erfolg beschert wurde. Nach und nach wurde er sogar zu etwas, einem Ding, einem Gegenstand, der praktisch unauflöslich mit mir verbunden zu sein schien.

Da war ich auch noch voller Zuversicht, dass sich die Mühe, die ich mit dem Schreiben meines neuen Buches hatte, von einem Tag auf den anderen in Wohlgefallen auflösen würde.

Doch mit der Zeit wurde mein Selbstvertrauen immer zerbrechlicher. Ich erkannte, dass die Dynamik, die mein ganzes Leben erfasst hatte, mir das Schreiben unmöglich machte. Ich kam einfach zu wenig dazu, mich hinzusetzen und wirklich etwas zu Papier zu bringen. Und ich musste wieder von meinem Hochmut herunterkommen. War es vielleicht nicht doch nur Zufall, dass mein Roman so viele Menschen überzeugt hatte? Dass schiere Versagensangst hinter dem Ganzen steckte, wollte ich nicht wahrhaben.

Zitas Affront war insofern eine Bestätigung von unguten Gefühlen, die ich schon geraume Zeit zu verdrängen versuchte, und nicht der erste ernstliche Misston. Dass er so weh tat, bewies, wie groß meine Ängste inzwischen waren. Mit einem Mal war ich davon überzeugt, dass nichts von dem, was ich schrieb, Qualität besaß. Ich fürchtete, dass Zita nur ausgesprochen hatte, was viele dachten, dass es eine Phalanx von Leuten gab, die mich kritisierten und geringschätzten. Dass Marvin von dieser Phalanx sehr wohl geschätzt wurde, machte mich umso unsicherer.

Das Essen bei Bastiaan bestärkte mich also in der Überzeugung, dass ich mich nicht zu sehr in das Schreiben verbeißen sollte, sondern besser noch eine Weile unterrichtete, bis ich den nötigen Mut für das verdammte neue Buch gesammelt hatte.

Ich hatte mich nämlich, nachdem mich ein Jahr lang immer schlimmere Sorgen und Grübeleien geplagt hatten, als Dozentin für Kreatives Schreiben an einem College in H. beworben. Vor dem Sommer hatte ich dort mit sieben Unterrichtseinheiten meinen Einstand gegeben.

10

Ein chaotischer Haufen von gut vierzig Schülern füllte die Stuhlreihen. Sie waren eigentlich schon aus dem Schüleralter heraus, aber dafür, wie ich beim letzten Mal festgestellt hatte, viel motivierter, ernsthafter und fordernder als die Schüler irgendeiner normalen weiterführenden Schule.

Schüchtern stellte ich meine Tasche ab. Ich konnte mich einfach nicht daran gewöhnen, dass ich hier die Lehrerin spielte, wo es doch noch gar nicht so lange her zu sein schien, dass ich selbst ungeduldig auf jemanden an der Tafel gestarrt und sarkastisch auf einen einzigen interessanten Satz aus seinem Munde gewartet hatte.

Meine zitternden Hände verrieten mir, dass ich noch weniger Selbstvertrauen hatte als vor den Sommerferien. Was konnte ich diesen jungen Menschen denn schon über das Schreiben beibringen, wo ich selbst jeden Satz zehnmal umdrehen musste, um herauszufinden, ob er auch das aussagte, was ich meinte?

Ich schluckte kurz und hieß dann alle willkommen. Die meisten Gesichter waren neu, nur wenige erkannte ich vom letzten Mal wieder. Sie sahen also eine Schriftstellerin vor sich, deren Name ihnen etwas sagte, eine namhafte Schriftstellerin. Dieser Gedanke beruhigte mich vorerst – so ungerechtfertigt das auch sein mochte.

Ich ließ sie die Tische und Stühle in zwei Halbkreisen hintereinander aufstellen, so dass ich alle ansehen konnte, und packte unterdessen meine Unterlagen aus. Ich hatte etwas vorbereitet.

»Wie ordnet man das Material, das man im Kopf hat? Wie fängt man eine neue Geschichte an? Darüber möchte ich heute mit euch sprechen«, sagte ich. »Ich habe einige Interviews mit Schriftstellern zusammengesucht … und kann auch etwas aus eigener Erfahrung beisteuern …«

Während ich redete, sah ich einige Notizen machen, folgsam, wie es sich für eine Schulstunde gehörte, eigentlich machten alle das, bis auf einen. Er fiel mir erst jetzt auf, obwohl Kollegen mich schon vor den Sommerferien vor ihm gewarnt hatten. Mahmud Aziz. Mahmud hatte allem Anschein nach nichts zum Schreiben dabei, weder Stift noch Papier. In weißer Bomberjacke mit roter Aufschrift, die Ärmel hochgestreift, fläzte er ganz vorn und verfolgte mit vor der Brust verschränkten Armen jede meiner Bewegungen. Sein Gesichtsausdruck unter den glänzenden langen Locken war spöttisch.

Ich wusste nicht recht, wie ich mit ihm umgehen sollte, und versuchte ihn daher weitmöglichst zu ignorieren.

II

Sehr geehrte Tirza Danz,

zunächst einmal vielen Dank für Ihre rasche Antwort.

Da ich nun schon Mitte Oktober in die USA *abreisen muss, werde ich mich höchstwahrscheinlich erst nach meiner Rückkehr von dort (das wird in etwa zwei Monaten sein) bei Ihnen melden können.*

Auch dann haben wir noch genügend Zeit für das Interview.

Ich muss gestehen, dass ich Ihr Buch noch gar nicht gelesen habe, so dass ich aus Ihrer Bemerkung über den Namen der Hauptfigur leider nicht ganz schlau geworden bin.

Ich hoffe nur, dass ich (und vor allem mein Mann, durch den ich vor drei Jahren zu meinem Nachnamen Hammerstein gekommen bin – ein Zugeständnis an ihn (und an seine Mutter), das ich machen musste, als er um meine Hand anhielt, ich selbst hätte viel lieber meinen alten Namen, ich hieß Cohen, behalten) deswegen nicht nach einem anderen Namen für uns und unsere Tochter suchen muss.

Mit freundlichen Grüßen
Ada Hammerstein

Ich muss sagen, dass mich Adas Offenherzigkeit von Anfang an wunderte. Dass sie als Wissenschaftlerin zugab, mein Buch nicht gelesen zu haben (wieso sie mich dann überhaupt um das Interview gebeten hatte, fragte ich mich), fand ich ja schon ungewöhnlich. Aber dass sie die Furcht äußerte, man könnte von ihr verlangen, den Namen Hammerstein zu *ändern*, war wirklich absonderlich, um nicht zu sagen irrational, ganz zu schweigen davon, dass sie bekannte, diesen Namen nicht zu mögen!

Aber ich machte mir keine großen Gedanken darüber. War ja vielleicht gar nicht ernst, sondern humorvoll gemeint, wenngleich ich diese Art deutschen Humors auch ein bisschen fad fand. Schon bald dachte ich nicht mehr an Ada Hammerstein, zumal Interviewanfragen für mich zur Routine geworden waren. In der gleichen Woche schrieb ich ganze drei Entwürfe für das Buch, das ich schon so lange schreiben wollte. Ein Buch über eine gefährliche Kinderfreundschaft.

Schreibregel eins: *Such dir dein Material in dei-*

ner unmittelbaren Umgebung! In dir selbst! Alles ist brauchbar!

In meiner unmittelbaren Umgebung tat sich aber gar nichts. Früher hatte sich noch gelegentlich etwas getan, heute nicht mehr.

Am Freitag zerriss ich sämtliche Entwürfe.

12

In den folgenden Wochen herrschte während meines Unterrichts eine unangenehme Stille. Mahmuds aufreizendes Starren ignorierte ich, so gut es ging. Er fläzte auch weiterhin untätig an seinem leeren Tisch und musterte mich. Von Kopf bis Fuß. Hin und wieder befummelte er währenddessen den Busen seiner Freundin, die ebenfalls aus Marokko stammte und die gleichen hippen Outfits trug wie er. Es störte mich fürchterlich, aber ich traute mich nicht, etwas dagegen zu sagen. Ich wollte jeden Gefühlsausbruch vermeiden.

Und mein Buch: Bei jedem meiner Entwürfe stieß ich auf neue unlösbar große Lücken. Ich wusste nicht genug über die Kinder, über die ich schreiben wollte, und über mich selbst wusste ich nicht mehr genug. Mehr als einen Plan, eine vage Vorstellung hatte ich nicht. Und irgendwie wollten mir einfach keine tieferen Einsichten kommen.

»Man muss genau wissen, wo die Geschichte hinführen soll!«, dozierte ich. »Erst wenn man das weiß, kann man sich daranmachen, sie aufzubauen.«

13

So verging mehr als ein Monat, bis ich erneut eine Mail von Ada Hammerstein empfing, in dem für sie typischen förmlichen Deutsch.

Sehr geehrte Frau Danz,

inzwischen bin ich vorzeitig aus Stanford zurückgekehrt, doch nun hat mich mein Arzt für die kommende Zeit aus dem Verkehr gezogen, so dass ich Sie bis auf weiteres nicht interviewen kann. Sollten Sie aber weiterhin an einem Interview für die Zeitschrift Psychologie, *insbesondere das Themenheft zur Situation der zweiten und dritten Generation nach dem Holocaust, interessiert sein, nehmen Sie doch bitte Kontakt mit meiner Chefin Rachel Solomon auf. Telefonisch ist sie unter ihren acht Nummern nur schwer zu erreichen, daher hier vorsorglich ihre private Mailadresse: rachel-solomon@web.de.*

Mit herzlichen Grüßen
Ada Hammerstein

Sie gab mir auch die Mail zur Kenntnis, die sie parallel dazu an Rachel Solomon geschickt hatte:

Liebe Rachel,

nachdem David mir den Laptop ins Krankenhaus gebracht hatte, habe ich gestern Tirza Danz gemailt, dass sie sich bezüglich des Interviews direkt an Dich wenden soll.

Ich schicke auch Dir sicherheitshalber ihre Telefonnummer. Ich hoffe, Du nimmst es mir nicht übel …

Herzliche Grüße – auch an Deinen Mann
Ada

Gleichzeitig war auch schon eine Nachricht von Rachel Solomon in meiner Mailbox. Sie schrieb, sie habe gelesen, dass ich am 1. Dezember in Salzburg sein würde, und schlug vor, das Interview dann dort zu machen, sie könne dafür einen Abstecher aus Bern machen.

Ich schrieb ihr zurück, dass ich das für eine gute Idee hielte, und gab ihr meine Handynummer, damit sie mich in Salzburg anrufen konnte.

Darauf empfing ich die folgende Antwort:

Sehr geehrte Frau Danz,

zuallererst einmal vielen, vielen Dank für Ihre Handynummer. Allerdings hat mich unterdessen mein lieber Mann, was das Interview am 1. Dezember in Salzburg betrifft, vor ein Problem gestellt. Er würde mich nämlich gern von meiner Lesung in Bern abholen, wo ich am Tag zuvor bin, um das Wochenende mit mir in der Schweiz zu verbringen.

Das ist natürlich ein äußerst verlockendes Angebot, zumal wir zwar den Luxus genießen, viel miteinander gemeinsam zu haben, aber leider nicht den Luxus einer gemeinsamen Wohnung. Ich werde dieses Wochenende versuchen ihn insofern von seinen Schweiz-Plänen abzubringen, dass wir das Ganze um eine Woche verschieben, falls sich das auch mit seiner Arbeit am Max-Planck-Institut vereinbaren lässt.

Lassen Sie mich doch auf alle Fälle vor dem 20. November wissen, ab wann genau Sie in Salzburg sind. Ich rufe Sie dann an, wenn es mir gelingt, die Reisepläne meines Mannes zu ändern, damit wir unser Treffen konkretisieren können.

Mit freundlichen Grüßen
Rachel Solomon

Es war ja schon auffällig, wie viele Worte Rachel Solomon um eine Sache machte, die sich relativ leicht regeln ließ. Aber ich führte das auf die Umständlichkeit der deutschen Sprache zurück.

Ich antwortete ihr diesmal nicht auf ihre Mail, da ich fand, dass ich ihr damit, dass ich ihr meine Handynummer gegeben hatte, schon weit genug entgegengekommen war. Sie brauchte mich schließlich nur anzurufen, in Salzburg oder sonstwo.

Was mich beschäftigte, war mein Buch, und das sah in erster Linie so aus, dass ich mich voller Energie und Schaffensdrang an meinen Schreibtisch plumpsen ließ, um dann lange nervös und ungeduldig auf alte Textreste auf dem Bildschirm zu starren. Nie konnte ich mich erinnern, wie diese Texte zustande gekommen waren, und nie konnte ich auch nur die geringste innere Logik darin entdecken. Daher las ich sie wieder und wieder, bis ihnen schließlich auch das letzte bisschen Bedeutung abhandengekommen war, und fiel dann vor dem Bildschirm in einen tiefen, komagleichen Schlaf. In den Träumen, die ich daraufhin hatte, war ich der Annahme, dass ich konzentriert nachdächte und schriebe. Erst wenn ich einige Stunden später wieder wach wurde, musste ich die enttäuschende Wirklichkeit zur Kenntnis nehmen, doch komischerweise entschlüpften meinem verklebten Hirn gerade dann, schlaftrunken und dösig, wie ich war, manchmal wie zufällig ein paar Ideen. Neue Sätze. Sätze, die ich mir nicht ausgedacht hatte. Sätze, die sich mir gleichsam offenbarten.

Wenn ich die getippt hatte, war ich oft wie in einem Rausch, der aber leider sofort wieder verflogen war, wenn ich mir seiner bewusst wurde. Auf eine Fortsetzung brauchte ich nicht zu hoffen.

Bei meinem Unterricht begann ich inzwischen zunehmend unter Mahmuds Verhalten zu leiden. Er machte damit alles kaputt, was an meiner Stunde schön war und sich kaputtmachen ließ. Der Schulleiter, Henk Thomassen, riet mir, darauf angesprochen, den Mut nicht aufzugeben. Ich solle durchhalten, sagte er, der Junge sei ein Problemfall, ja, in der Tat, aber das sei doch auch eine Herausforderung, nicht?

Meine Reise nach Salzburg machte ich, ohne dass ein Anruf von Rachel Solomon kam, und so verging der 1. Dezember ohne das Interview für die Zeitschrift *Psychologie*.

14

Kurz vor Salzburg hatte ich per Post den Roman *Liliane* von Axel Andel erhalten. Auf der beigelegten Karte stand nur:

»Lest und urteilt selbst.«

Es war das Buch, das auf richterlichen Entscheid aus dem Handel genommen werden musste, weil der Autor zu nah an der Wirklichkeit geblieben war und sich die Betroffenen dadurch ernstlich beleidigt gefühlt hatten. Neugierig blätterte ich es durch.

Ohne groß suchen zu müssen, stieß ich auf eine Passage, in der beschrieben wurde, dass die Hauptfigur unheilbar erkrankt und vom Tod gezeichnet ist. Ihr fallen die Haare aus, auf ihrem Körper wuchern sichtbar die fürchterlichsten Geschwüre, und sie kann kaum noch sprechen. Ihr Geliebter gibt sich alle Mühe, sie nicht abstoßend zu finden. Derweil ist ihr türkischer Ehemann, der nichts von ihrer Krankheit weiß, fest entschlossen, sie ermorden zu lassen.

Die Frau, die für die Liliane genannte Hauptfigur Modell gestanden hatte, war, wie ich wusste, diejenige, die gegen das Buch prozessiert hatte. Komisch, dachte ich, dann entsprach das mit der unheilbaren Erkrankung wohl doch nicht der Wirklichkeit. Ich fragte mich, weshalb sie dennoch prozessiert hatte.

Die Antwort lag auf der Hand, der Autor war ihr nicht *nahe genug* gekommen. Im Gegenteil, er hatte ihre Wirklichkeit grob entstellt. Vielleicht hatte sie sich dadurch bedroht gefühlt. Als hätte er sich ihrer bemächtigt.

Das sprach eigentlich eher für als gegen den Autor, dachte ich. Komisch, dass ein Richter auf so etwas eingegangen war.

Das Buch fand ich trotzdem abstoßend und befremdlich, mit all seinen viel zu intimen Details, die so wenig zur Sache taten, dass sie eigentlich nur der Realität entnommen sein konnten. Wenn ein Buch das Zeug zum Stalker hatte, dann dieses.

Mein Vorhaben, Axel mit einer Karte für seine Geste zu danken, starb wie so vieles andere, was ich mir in diesem Jahr vorgenommen hatte, einen sanften Tod.

15

Bereits zwei Monate vor den Weihnachtsferien hatte ich meine Schüler gebeten, bis dahin eine Erzählung abzuliefern. Die ersten trafen kleckerweise Ende November ein.

Wer noch nichts fertig hatte, hielt mich in den darauffolgenden Wochen über seine Fortschritte auf dem Laufenden. Bis auf Mahmud.

Dass meine eigenen Schreibentwürfe und Pläne für das Buch, das ich nach wie vor nur vage im Kopf hatte, inzwischen gestrandet waren, brauchte keiner zu wissen. Bis auf einige verklärte, für sich stehende Texte hatte ich alles von der Festplatte gelöscht.

Liebe Frau Danz,

seit einigen Tagen bin ich aus der Schweiz zurück, wo mich mein Mann vor ein noch viel größeres Problem gestellt hat, als es das mit unserer ungeschickten Verabredung in Salzburg war. Mein Mann selbst wird allmählich zu einem gehörigen Problem, muss ich sagen. Natürlich wusste ich schon vor unserer Heirat, dass das Leben mit ihm nicht leicht werden würde. Er stammt eben aus einer Familie, die vom Holocaust schwer gezeichnet ist. Insofern war es mir bis dato durchaus nicht unrecht, dass wir uns vor unserer Heirat nicht über eine gemeinsame Wohnung einig werden konnten. So konnte ich immer mal wieder Urlaub von ihm nehmen. Im Prinzip könnte er natürlich auch sehr wohl in der Stadt arbeiten, in der ich arbeite, aber wir sind nun mal beide zu dickköpfig, um einander auch nur ein Millimeterchen entgegenzukommen. Vor allem ich ihm nicht, da er von Anfang an davon ausging, dass ich schon irgendwann nachgeben würde. Ich bin freilich so emanzipiert, dass ich nicht einsehe, warum ausgerechnet ich meine Koffer packen sollte, um zu ihm zu ziehen, wo er doch genauso leicht, wenn nicht sogar leichter, von einem Max-Planck-Institut zum anderen wechseln könnte …

Und als wenn das nicht schon vertrackt genug wäre, hat mir mein Mann nun in der Abgeschiedenheit unseres Schweizer Zufluchtsortes, an dem wir das letzte Wochenende verbracht haben, freudig von einer möglichen Forschungsstelle in den USA *erzählt, wohin wir beide gehen könnten. Ich bin fast vom Stuhl gefallen, zumal ich am Zustandekommen dieser Option nicht ganz unbeteiligt bin.*

Als wir einander kennenlernten, habe ich nämlich aufgrund meiner eigenen langjährigen Berufserfahrung mit Krebspatienten die Krebstheorie meines Mannes stark in Zweifel gezogen, was zur Folge hatte, dass er mir die Fundiertheit seiner These wissenschaftlich beweisen wollte. Die Ergebnisse seiner Untersuchungen haben ihm nun offenbar das Angebot für die Forschungsstelle in den USA *beschert – und mir das Wochenende in der Schweiz. So viel zum Thema Krebsforschung und Romantik.*

Aber gut … nachdem ich so viel über mich erzählt habe, nun zum eigentlichen Anlass meines Briefes. Das geplante Themenheft, in dem das Interview mit Ihnen erscheinen sollte, ist verschoben worden. Wir haben stattdessen ein Heft im Zusammenhang mit diesem aktuellen Fall von Gewalt an der Schule gemacht, das auch schon gedruckt und ausgeliefert ist, so dass ich ein bisschen Luft habe.

Mit freundlichen Grüßen
Rachel Solomon

Die Weitschweifigkeit und Offenherzigkeit der mir völlig unbekannten Rachel Solomon befremdete mich schon sehr. Aber weil das Heft über Gewalt an der Schule mich neugierig machte, schrieb ich ihr zurück und erwähnte Mahmud mit seinem unseligen Einfluss auf meinen Unterricht sowie meine wachsende Wut darüber. Ich vertraute der Psychologin sogar an, dass ich über das Thema schreiben wollte und welches Kopfzerbrechen mir das machte.

In derselben Woche lag morgens vor Unterrichtsbeginn ein Umschlag auf meinem Tisch. Er enthielt eine Erzählung von Mahmud Aziz.

16

Rachel Solomon ging überhaupt nicht auf das ein, was ich ihr über meine Probleme in der Schule und mit meinem neuen Buch geschrieben hatte. Sie drängte nur unermüdlich auf eine Terminabsprache, nachdem es ihr auch nicht möglich gewesen war, sich in Neuss oder Mönchengladbach mit mir zu treffen, wo ich wieder aus *Der Vater* gelesen hatte. Erneut erging sie sich in Details, um mir die Kompliziertheit einer solchen Verabredung zu verdeutlichen.

Da ich, wie es jetzt aussieht, vom kommenden Frühjahr an für die Dauer von drei Jahren mehr oder weniger ständig bei meinem Mann in San Diego sein werde, sollten wir versuchen, uns bis dahin, falls Sie das irgendwie einrichten können, irgendwo in den Niederlanden zu dem Interview zu treffen. Mein Mann ist so begeistert von der niederländischen Lebensart, dass er nach seiner Pensionierung, nach der er sich mit seinen siebenundfünfzig Jahren trotz der derzeitigen einmaligen Gelegenheit einer Forschungsstelle in den USA *doch irgendwie sehr sehnt, hin und wieder eine Zeitlang dort verbringen möchte. Daher suchen wir, nun ja, vor allem er, seit einer Weile ein Haus dort. Ich gehe davon aus, dass er, bevor wir im Frühjahr nach San Diego fliegen, noch mindestens einmal in die Niederlande reisen wird, um sich dort umzuschauen.*

Na, wir werden sehen, dachte ich. Soll sie doch anrufen, wenn sie in den Niederlanden ist.

Mir ging gerade zu viel im Kopf herum, als dass mich Rachel Solomons Sorgen gekümmert hätten. Ich hatte nämlich Mahmuds Erzählung gelesen.

Sie handelte von einer Lehrerin, die einen Schüler zu verführen versucht. Der Junge wehrt sich, und die Lehrerin kommt auf grausame, blutige Weise ums Leben.

Der Verfasser hatte sich genüsslich in Einzelheiten ergangen. Ansonsten war die Geschichte ziemlich wirr und strotzte von unverständlichen Gedankensprüngen.

Es brauchte allerdings nicht viel Phantasie, um sich vorzustellen, woher Mahmud seine Anleihen bezogen hatte.

17

Gott sei Dank hatte ich danach ein paar Wochen Ferien und damit Zeit und Muße, um mit mir zu Rate zu gehen. Und während Weihnachten kam und ging, wurde mir bewusst, dass meine mangelnde Tatkraft im Hinblick auf Mahmuds stillen Krieg gegen mich durch und durch opportunistisch war. Ich hatte mich nur deswegen immer zu beherrschen gewusst, weil ich fürchtete, dass ein Streit, eine Szene oder sonst irgendwas Dramatisches mich zu sehr vom Schreiben ablenken würde.

Mahmuds stumme Gegenwart in meiner Klasse hatte nämlich unwillkürlich auch meine Phantasie angeregt. Ich hatte meine eigenen Schreibcredos beherzigt und alte Pläne über den Haufen geworfen. Seit kurzem sinnierte ich Tag und Nacht über eine Erzählung, in der er als bedrohlicher Schweiger eine interessante Rolle spielen würde.

An das, was Mahmud sich in seiner Erzählung ausphantasiert hatte, kam ich allerdings bei weitem (noch) nicht heran, und es ärgerte mich, dass mir durch sie ein Blick ins Hirn desjenigen aufgezwungen wurde, der Modell für die Figur stand, der ich gerade Gestalt verleihen wollte.

Außerdem schürte Mahmuds unheilverkündendes Produkt bei mir die Angst, dass mir vielleicht etwas zu viel Plot bevorstand, wenn ich nicht bald eingriff.

Ich fasste daher den Vorsatz, gleich zu Beginn des neuen Schuljahres Maßnahmen zu ergreifen. Ich freute mich schon fast darauf.

18

Liebe Frau Danz,

da Sie mir bis heute nicht auf meine letzte Mail geantwortet haben, weiß ich beim besten Willen nicht, ob Sie überhaupt noch Interesse an einem Interview für die Zeitschrift Psychologie *haben. Wenn nicht, müsste ich Ihnen jetzt sehr böse sein, denn ich habe Ihretwegen am vergangenen Wochenende meinen lieben Mann versetzt, so dass der sich nun in Berlin in seiner Eifersucht vergräbt und ungenießbar ist.*

Und das alles nur, weil ich mir am letzten Wochenende erlaubt habe, nicht zu ihm nach Berlin zu fahren, sondern zu Ada Hammerstein, die noch immer in einem Hamburger Krankenhaus liegt!

Ich habe jetzt mit Ada vereinbart, dass, falls nichts aus unserem Treffen in den Niederlanden werden sollte, Ada doch noch das Interview mit Ihnen macht, irgendwann ab Mitte Februar, sie wird dann eventuell ihr bis dahin geborenes Baby mitbringen.

Jetzt liegt es nur noch an Ihnen, wann und für

wen und ob überhaupt Sie nach all diesen fehlgeschlagenen Versuchen einer Terminabsprache für ein Interview zur Verfügung stehen …

Mit freundlichen Grüßen
Rachel Solomon

Himmelherrgott, was für ein Geseier, dachte ich. Um die Sache vom Tisch zu haben, schrieb ich Rachel gleich zurück, dass ich Mitte Februar Zeit für sie hätte, sie brauche mich nur kurz anzurufen.

Eine Antwort folgte postwendend.

Liebe Frau Danz,

nach allen Schwierigkeiten hinsichtlich einer Verabredung hatte ich kaum noch damit gerechnet, von Ihnen zu hören. Im Februar habe ich nun nur noch den 13. und den 15. zur Verfügung. Und die biete ich Ihnen sehr ungern an, weil ich dann gleich nach dem Interview wieder nach Süddeutschland zurückreisen müsste. März würde mir besser passen. Nur muss ich auch das gleich einschränken, denn Mitte März sind wir in familiären Angelegenheiten für einige Tage in Israel. Lassen Sie uns doch sehen, ob wir danach eine Möglichkeit finden – falls wir überhaupt lebend wieder aus Israel herauskommen, man muss ja mittlerweile auf alles gefasst sein. Leider weiß ich aber auch noch nicht mit Sicherheit, wann wir wieder zu Hause in Bremen sein werden, da mein lieber Mann noch einmal nach Berlin will, um sein Institut aufzusuchen. Vielleicht sollte ich einmal spontan zu Ihnen kommen, um das Interview zu machen. Ich hoffe, das ist für Sie kein Problem. Die Alternative mit Ada halte ich letztlich nur im äußersten Notfall für eine Lösung.

Mit freundlichen Grüßen
Rachel Solomon

19

Ich muss sagen, dass ich mich bei der Gelegenheit schon kurz gefragt habe, ob Rachel Solomon noch richtig tickte. Und wieso plötzlich der Verweis auf das Zuhause in Bremen? Hatte Rachel mir nicht einmal ungefragt mitgeteilt, dass sie und ihr Mann gar nicht zusammenwohnten?

Wieder schrieb ich ihr kurz und bündig zurück, dass mir alles recht sei, und erkundigte mich dabei auch gleich, wie denn das Interview eigentlich aussehen solle.

Mahmud schickte ich per Post eine kurze Nachricht mit seiner Note: Ungenügend.

Von ihm bekam ich natürlich keine Antwort. Von Rachel Solomon schon.

Liebe Frau Danz,

es wäre wirklich sehr dumm von mir, wenn ich zum jetzigen Zeitpunkt immer noch kein Konzept für das Interview mit Ihnen hätte. Da es weder für eine literarische Zeitschrift noch für eine Kulturbeilage bestimmt ist, werde ich mich wie bei all meinen anderen Interviews an ein bestimmtes Schema halten.

Ich hoffe ja, dass Ihre Frage nicht von inhaltlichen Bedenken zeugt und Ihnen angesichts des nicht zu verhehlenden psychologischen Drucks gewisse Skrupel vor einem Interview für die Zeitschrift Psychologie *gekommen sind. Sollte das der Fall sein, kann ich Ihnen versichern, dass meine Fragen überaus dezent sein werden und alles mit rechten Dingen zugehen wird.*

Da das Themenheft den Problemen der zweiten und dritten Generation nach dem Holocaust gewidmet sein soll, werden natürlich einige Fragen auf Ihr Verhältnis zu Ihren Eltern zugeschnitten sein. Das heißt, der Schwerpunkt des Interviews wird auf Ihrem persönlichen Umgang mit dem Holocaust liegen.

Vielleicht wäre es keine schlechte Idee – aber notwendig ist es gewiss nicht –, wenn Sie mir in den kommenden Tagen einmal die zehn Ihnen in vorherigen Interviews am häufigsten gestellten Fragen mailen würden.

Mit freundlichen Grüßen
Rachel Solomon

Ich war perplex. Wollte Rachel Solomon allen Ernstes, dass ich ihr die Fragen lieferte, die sie mir dann stellen konnte? Langsam, aber sicher kam mir dieser Briefwechsel völlig abstrus vor, und mich packten gehörige Zweifel. War Rachel Solomon überhaupt Psychologin? Arbeitete sie überhaupt für die Zeitschrift *Psychologie*? Oder war sie womöglich blutige Amateurin?

In der Redaktion anzurufen und Erkundigungen über Rachel Solomon einzuholen, fand ich aber trotzdem irgendwie überzogen. Und mein Interesse an der ganzen Sache war wohl auch zu gering, glaube ich.

20

Es war ein kalter Januartag, als ich zum ersten Mal im neuen Jahr zu meinem Unterricht radelte. Ich hatte zum kurzen schwarzen Rock und Rollkragenpullover meine überkniehohen Stiefel angezogen und war auch geistig bis an die Zähne bewaffnet.

Von meinen neuen Buchplänen hatte ich zwar in den gesamten Weihnachtsferien so gut wie nichts umgesetzt, doch ich hatte beschlossen, deswegen nicht unter einem schlechten Gewissen zu leiden. Schreiben war ein Fest – das war es doch, was ich meinen Schülern beibrachte, oder? Und das sollte es auch für mich wieder sein, wenn ich mich an meinen Computer setzte. Solange es noch nicht so weit war, hielt ich mich besser davon fern.

Marvin war der Meinung, dass ich die Schulleitung von Mahmuds Erzählung in Kenntnis setzen müsse, aber ich hatte seine Besorgnis als übertrieben abgetan.

Als ich eintrat, war die Klasse nur zur Hälfte gefüllt.

Kein Mahmud, sah ich auf den ersten Blick.

Maruscha, eines der netteren Mädchen vom letzten Jahr, eine dicke, schüchterne Zwanzigjährige mit Zopf, trat auf mich zu. Sie habe in den Ferien eine Erzählung geschrieben, sagte sie. Einfach so, ohne dass sie jemand darum gebeten hätte. Mit einem Selbstbewusstsein in der Haltung, das neu an ihr war, reichte sie mir eine Mappe.

Einen Moment lang stach mich der Neid – Maruscha kannte sie nun also, die Freude am Schreiben. Und die Konzentration, die Begeisterung, wenn man sah, dass ein Ganzes aus dem wurde, was man machte.

Mit einem Lächeln, das verkniffener war, als ich wollte, nahm ich die Mappe von ihr an.

»Möchtest du es nicht von deinen Mitschülern beurteilen lassen?«, fragte ich.

»Doch, natürlich«, sagte sie. »Aber zuerst von dir.«

Da ich aus dem Augenwinkel Mahmud hereinkommen sah, beendete ich das Gespräch und ließ die Tür schließen. Mahmud trug einen sündhaft teuren Lammfellmantel und hatte sich eine neue Frisur zugelegt, sehr kurz und schnittig. Ohne den Mantel auszuziehen, ließ er sich ganz vorn in der Klasse auf einen Stuhl plumpsen. Seine Freundin war nicht da. An seinem wie immer leeren Tisch fläzend, musterte er mich mit größerem Spott denn je.

Ich holte tief Luft und erteilte ihm nach kurzer Einleitung mit fester Stimme das Wort. »Kannst du uns etwas darüber erzählen, was du in den Ferien gelesen hast, Mahmud?«, fragte ich.

»Gelesen!« Grinsend blickte er in die Runde. Dann sagte er: »Ja, Verpackungen.«

»Was für Verpackungen?«

Mahmud flüsterte seinem neuen Sitznachbarn etwas ins Ohr, worauf sich beide prustend vor Lachen über den Tisch fallen ließen.

Vielleicht hätte ich es dabei bewenden lassen sollen.

Aber ich wartete geduldig ab. Ich konnte es selbst kaum glauben, dass ich plötzlich mit dem großen Schweiger im Gespräch war.

»Ich meinte Bücher, Geschichten – das, was ihr hier schreiben lernen wollt …«, sagte ich.

Als er wieder aufschaute, war sein Lachen verflogen. In seinem Blick erkannte ich trotzigen Hass.

»Nein, ich lese keine Geschichten.«

»Warum nicht?«

»Das sind Lügen … Oder etwa nicht?«

»Wenn du den Begriff Fiktion so auslegen möchtest … Ja, dann handelt es sich um Lügen«, bemühte ich mich dennoch und wider besseres Wissen. »Aber du erzählst doch selbst auch Geschichten, oder? Warum willst du sie denn dann nicht lesen?«

»Was hab ich davon?«

»Wenn du nichts davon hast... Warum willst du dann lernen, sie zu schreiben?«

»Ich will gar nicht *lernen*, sie zu schreiben...« Triumphierender Blick. Er wartete auf eine Reaktion, als hätte er in einem hochspannenden Dialog etwas von sich gegeben, was sein Gegenüber vor eine außerordentliche intellektuelle Herausforderung stellte.

Meine Füße fühlten sich plötzlich zentnerschwer an.

»Das sind ja tolle Voraussetzungen«, sagte ich. »Wieso bist du denn dann eigentlich hier?«

Mahmud hatte sich erhoben. Er stand direkt vor mir und sah mich drohend an.

»Wieso wohl? Vielleicht hab ich ja meine Gründe, weißt du. Von dir brauch ich mir gar nichts gefallen zu lassen. Und ich bleibe so lange in deinem Unterricht, wie es mir passt. Rausschmeißen kannst du mich nicht!« Das spuckte er geradezu genüsslich aus. Er hatte anscheinend nur darauf gewartet.

Na, ich auch. Nach der monatelangen Schweigerei fand ich seine offene Bosheit richtig befreiend. Und mit seiner nasalen Stimme hob er auch seine Aura der Unnahbarkeit auf, ob er wollte oder nicht.

»Natürlich kann ich. Das wollen wir doch mal sehen!«, sagte ich und gab mir alle Mühe, meine

Stimme ruhig klingen zu lassen. »Andere hier möchten nämlich vielleicht schon gern was lernen.«

Jetzt lachte Mahmud laut und drückte mir fast seine Nase ins Gesicht. Er rückte mir so nah auf die Pelle, dass mir fast nichts anderes übrigblieb als zurückzuweichen. Seine Haare rochen stark nach einem chemischen Gel und unangenehm nach fremdländischem Essen. Aber ich blieb stehen, wo ich stand.

»Bleib mir vom Leib!«, sagte ich scharf. Mich erfasste eine solche Wut, dass ich nach Luft schnappen musste. Die Wut war stärker als meine Angst, aber ich wagte es dennoch nicht, dem Kerl eine zu scheuern.

Von hinten aus der Klasse kam jetzt Unterstützung von einigen Mädchen.

»Setz dich hin, Mann«, riefen sie im Chor. »Hör auf. Mach keinen Scheiß!«

Die Typen, die hinter Mahmud saßen, lachten laut.

Und jetzt schrie Mahmud los, das Gesicht immer noch ganz nah an meinem. Ich sah die unter seiner Haut lauernde Akne. Ich sah den Speichel in seinem schreienden Mund. Aber ich blieb stehen.

»Auf euch scheiß ich doch!«, schrie er. »Ich lass mir doch von Weibern nichts sagen! Euch werd ich's noch zeigen!«

»Mahmud«, sagte ich, »ich möchte, dass du jetzt meinen Unterricht verlässt.« Für einen Moment berührten sich seine und meine Stirn, und mein ganzer Überschwang verflüchtigte sich.

»Weißt du, was du bist?!«, schrie er. »Du bist Hitler! Du willst mich diskriminieren! Du willst mich zum Juden machen! Und ich lasse mir nichts von dir sagen, du bist ja nur eine Frau! Du willst mich kleinmachen, he? Rausschmeißen, mit schlechten Noten einschüchtern. Aber auf eure jämmerlichen Tricks fall ich nicht rein!«

Sein Speichel sprühte mir ins Gesicht, aber ich rührte mich immer noch nicht von der Stelle.

Wir standen Auge in Auge.

Dann beugte ich mich ein wenig zurück, wandte mich den anderen zu und sagte: »Leute, es tut mir leid, aber so kann ich nicht unterrichten. Ihr hört wieder von mir. Mahmud, ich werde dafür sorgen, dass du aus meinem Unterricht entfernt wirst.«

Ich bückte mich, um nach meiner Tasche zu greifen, während er drohend vor mir stehen blieb.

»Ach ja?«, feixte er.

»Ja. Dass du von der Schule fliegst!« Das letzte Wort presste ich zwischen den Zähnen hervor. Dann nahm ich schnell meine Sachen, wandte mich ab und ging zur Tür. Ich wollte zu Henk Thomassen. Oder wenigstens zu Theo, der in der Verwaltung arbeitete und ein Hüne war. Aber vor allem wollte ich weg.

Einen Augenblick lang wurde es sehr still in der Klasse. Dann packten alle ihre Sachen zusammen. Mahmud hatte sich an der Tür postiert.

»Nimm dich in Acht, ja«, zischte er mir ins Ohr. »Ich habe Freunde, weißt du. Und ich weiß, wo du wohnst. Nimm dich in Acht …«

»Lass mich in Ruhe!«, herrschte ich ihn an. »Ist es noch nicht genug, dass du mir meinen Unterricht kaputtgemacht hast? Hau ab, Mann. Geh andern auf den Geist. Was ist denn in diesem Winter bloß in dich gefahren?«

»Das weißt du ganz genau«, sagte er. »Und du kannst mich nicht so einfach aus dem Unterricht entfernen, ja.« Dann drehte er sich um und verließ den Raum in die entgegengesetzte Richtung.

21

Henk Thomassen ist ein netter Mensch, und er war ziemlich geschockt über das, was ich ihm von Mahmud erzählte. Aber Maßnahmen ergreifen?

»Warte doch erst noch mal ab«, sagte er. »Ich werde ein Wörtchen mit ihm reden. Manchmal genügt es schon, wenn man diesen Burschen ein bisschen Angst macht. Dass du, als Frau, ihn gedemütigt hast, ihn sogar rauswerfen willst, damit kann er nicht umgehen.«

»Aber dieser Irre hat mir gedroht. Er wisse, wo ich wohne, sagte er!«

»Ach, Tirza, meinst du denn allen Ernstes, dass er dir etwas antun will? Das kann ich mir nicht vorstellen. Wir haben bisher nie wirkliche Probleme mit ihm gehabt. Er ist sogar ein guter Schüler, gar nicht dumm ...«

»Nein, dumm ist er nicht.«

Danach war ich unschlüssig, ob ich es noch einmal versuchen sollte. Mein Stolz (und, wenn ich ehrlich bin, auch meine Neugierde) sagte ja. Hol mich sofort, wenn wieder etwas ist, hatte Henk gesagt. Du kannst mich auf meinem Handy anrufen.

Eine Woche blieb ich zu Hause. Ich hatte mich wieder ans Schreiben gemacht, nach einem neuen Entwurf. Tagelang starrte ich auf den Bildschirm, mit wachsender Verzweiflung. Material hatte ich jetzt mehr als genug, aber mir wollte einfach kein guter Satz kommen. Ich war zu aufgebracht.

Ich beschloss, den Unterricht wieder aufzunehmen.

22

Trotz anhaltender Unruhe in der Klasse begann ich in der Woche darauf den Unterricht, als wäre nichts passiert. Mahmud saß ganz vorn. Wir sahen aneinander vorbei.

Aus Erfahrung wusste ich, dass sich die Unruhe nach einer Weile von ganz allein legen würde, wenn man sie einfach überhörte. Also überhörte ich sie, obwohl ich natürlich genau wusste, was der Anlass dafür war. Ich sprach über den südafrikanischen Schriftsteller Coetzee und fragte die Klasse, was ihnen der Titel *Disgrace* sage. Dabei musste ich immer lauter sprechen, um mich verständlich zu machen. Ein permanentes Geräusch im Raum, ein nervtötendes Brummen, zwang mich schließlich fast zu schreien.

Mir war natürlich klar, wer das Geräusch machte. Die Wut darüber durchströmte mich wie glühende Lava, es hatte beinahe etwas von einem Glücksgefühl. Ich würde nicht aufhören, ich würde nicht weichen. Und es freute mich, dass ich das unter Beweis stellen konnte.

Ich erzählte von Südafrika, als das Brummen bis zur Unerträglichkeit anschwoll. Mitten im Satz brach ich ab, baute mich vor Mahmud auf und brüllte ihm ins Gesicht:

»WENN DU JETZT NICHT SOFORT AUFHÖRST, RUF ICH DIE SCHULLEITUNG UND DU FLIEGST RAUS! EIN FÜR ALLE MAL!«

Mahmud hörte auf zu brummen und sah mich spöttisch an. »Du weißt, was ich gesagt hab«, sagte er. »Du kannst mir gar nichts. Und von einer wie dir lass ich mir sowieso nichts sagen. Du bist eine Hure, und von Huren lass ich mir nichts sagen.« Dann brummte er seelenruhig weiter.

Plötzlich wusste ich nicht mehr, wohin mit meiner Wut. Mir wurde kurz schwarz vor Augen, und ich spürte, wie ich weiche Knie bekam. Da stand ich nun, stumm angesichts dieser unüberhörbaren Erniedrigung. Auch Mahmuds Freunde hatten jetzt in das Brummen eingestimmt.

Aus der als so herrlich empfundenen Wut wurde Angst. Was sich hier abspielte, war neu. Ich dachte an die Erzählung, die Mahmud geschrieben hatte.

Abrupt wandte ich mich ab und kramte in meiner Tasche nach dem Handy. Mit zitternden Fingern wählte ich die Nummer von Henk Thomassen.

»Du musst kommen«, bellte ich nur. »Jetzt. Klasse 5B.«

Seine Antwort verstand ich nicht. Das Brummen, die bedrohliche Untermalung meines ohnmächtigen Hilfeschreis, brach ab. Mahmud ergriff wieder das Wort.

»Ich weiß, wo ich dich finde, Bitch«, raunte er. »Und das weißt du. Schreib dir das gut hinter deine Hurenöhrchen.«

Während ich meine Sachen zusammenraffte, trat Mahmud direkt neben mich. Er umklammerte mein Handgelenk.

»Nimm dich in Acht, du«, sagte er.

Ich versuchte, ihn nicht anzusehen, und schlug mit dem letzten Restchen Mut seine Hand weg.

»Bleib mir vom Leib. Bist du verrückt geworden?«, sagte ich heiser. »Bleib mir vom Leib, oder ich rufe die Polizei!«

Darüber mussten Mahmud und seine Mitläufer laut lachen. Ich dachte an die Waffen, die an anderen Schulen gegen Lehrer benutzt worden waren. An das Themenheft von Rachel Solomon. Wo blieb dieser verdammte Henk? Ich wollte bleiben, bis er da war, und sei es nur den Mädchen in meiner Klasse zuliebe.

Doch auf dem Flur regte sich nichts. Die Minuten verstrichen, lange Minuten, und kein Henk. Da fasste ich einen Entschluss.

»Ich geb's auf, Leute. Hier kann ich nicht mehr

unterrichten«, sagte ich mit einem letzten Rest von Würde und zwang mich, die Tür, durch die hindurch ich verschwinden würde, mit gebührender Langsamkeit zu öffnen.

Sowie ich draußen war, rannte ich los.

23

Natürlich beschwerte ich mich an höherer Stelle über Mahmud. Henk Thomassen behauptete, er sei an dem Tag nicht in der Schule gewesen und habe mir das am Telefon auch gesagt. Doch da hätte ich die Verbindung bereits unterbrochen, meinte er.

»Dann hättest du dich doch darum kümmern können, dass irgendjemand anders zu mir in die Klasse kommt, oder?«, schrie ich. »Du hattest mir versprochen, dass für meine Sicherheit gesorgt wird!«

Ich verlangte, dass Mahmud sofort von der Schule entfernt würde.

Es wurde still, als ich das sagte. Darüber müsse erst beraten werden, sagte Henk Thomassen. »Wir haben schon einmal unerfreuliche Erfahrungen mit ihm und seinen Freunden gemacht … Und ich weiß nicht, ob es für unsere Schule mit ihrem guten Ruf in der Unterrichtung von Schülern mit Migrationshintergrund ratsam wäre …«

»Er hat mir gedroht, Mensch«, sagte ich, plötzlich fast ruhig. »Was spielt es da für eine Rolle, woher er stammt? Er macht mir meinen Unterricht kaputt.

Er schüchtert alle ein. Er hat mich Hure genannt. Muss erst noch Schlimmeres passieren?«

Ich würde dann von ihnen hören.

Ende jener Woche las ich Maruschas Erzählung. Sie handelte von einer Klasse, die unter dem Terror eines hasserfüllten Schülers litt *(such in deiner unmittelbaren Umgebung!)*, und endete fast genauso dramatisch und gewaltsam wie die Erzählung Mahmuds. Im Gegensatz zu seiner war Maruschas Erzählung aber alles andere als schlecht. Und auch keineswegs unwahrscheinlich. Ich schrieb ihr, als wäre ich eine Dozentin mit viel Erfahrung, und lobte sie ausführlich.

Von Henk Thomassen hörte ich nichts. Also blieb ich zu Hause, setzte mich an meinen Computer und schrieb hin und wieder einen Satz – den ich eine Stunde später wieder löschte. Ich litt unter Kopfschmerzen und musste zwanghaft gähnen. Ich wartete. Als könnte die Erlösung von meinem Übel nur von außen kommen, die Erlösung von der Blockade, die mich hinderte, den richtigen Ton für die richtige Geschichte zu finden. Die lindernden Worte für dieses Zuviel an Wirklichkeit.

Draußen auf der Straße meinte ich in jedem dunklen Lockenkopf meinen Verfolger zu erkennen. Ich gab mir alle Mühe, mich nicht zu fürchten.

Just zu dieser Zeit bekam ich die Einladung, bei einem von Zitas literarischen Abenden in Heidelberg zu lesen.

Die alte Hexe, dachte ich. Glaubt wohl, sie kann mich damit einlullen, was?

Aber nach allem, was inzwischen passiert war, kam mir das Gift, das Zita verspritzte, jetzt vergleichsweise harmlos vor, und so sagte ich trotz meiner Vorbehalte zu. In Deutschland wurde bei Lesungen nämlich tatsächlich *gelesen*, und dabei konnte mir Zita nicht viel anhaben, sagte ich mir.

Sehr geehrte Frau Danz,

meine Frau Rachel hat mich gebeten, Ihnen mitzuteilen, dass sie momentan nicht imstande ist, das geplante Interview mit Ihnen zu führen. Es geht ihr derzeit nicht so gut. Kurz nachdem uns der zwanzigste Todestag ihres Bruders nach Israel geführt hatte, sorgte eine völlig unerwartete Todesnachricht dafür, dass wir, viel früher als geplant, nach Deutschland zurückreisen mussten, so unverhältnismäßig das angesichts der augenblicklich so explosiven Situation in Israel auch erscheinen mag.

Ada Hammerstein ist bei der Geburt ihres Sohnes verblutet.

Da meine Frau und sie sich seit ihrer Studien-

zeit auch privat gut kannten, hat der Tod Adas meine Frau sehr mitgenommen. Sowie es ihr wieder etwas bessergeht, wird sie sich ganz gewiss mit Ihnen in Verbindung setzen. Für das Interview für die Zeitschrift Psychologie *wird die Zeit dann allerdings nicht mehr reichen, zumal Rachel ihre Mitarbeit an der Zeitschrift nach dem nächsten Heft beenden will. Sie hat nämlich vor, demnächst eine Weile mit mir in San Diego zu wohnen.*

Mit freundlichen Grüßen
Chaim Solomon

Ich hatte Gänsehaut auf den Unterarmen, als ich Rachels Mann meine tiefe Anteilnahme mailte.

Ada Hammerstein tot! Meine Ada Hammerstein! Dass meine Hauptfigur tatsächlich existierte, war schon kaum zu glauben gewesen, aber dass sie im Laufe dieses Briefwechsels einfach gestorben war!

Wie konnte Ada Hammerstein tot sein? In meinem Buch lebte sie doch!

24

Am selben Tag, als ich die Nachricht von Adas Tod bekam, erhielt ich einen Anruf von Henk Thomassen.

»Tirza, ich glaube, es ist besser, wenn deine Aufgaben in diesem Semester an jemand anderen übertragen werden. Wir sind der Meinung, dass das eine sehr ernste Angelegenheit ist, und sind nach langer Beratung zu der Überzeugung gelangt, dass es dich zu stark belasten würde, unter diesen Umständen arbeiten zu müssen. Dein Gehalt wird weiterbezahlt, solange wir keine Lösung gefunden haben …«

»Wenn ein gewisser Schüler von der Schule fliegt, sehe ich für mich keinen Hinderungsgrund, meine Arbeit wiederaufzunehmen«, entgegnete ich.

»Das ist es ja gerade. Das können wir nicht so ohne weiteres. Dazu bedarf es eines langen Verfahrens, weil das juristisch ziemlich vertrackt ist«, sagte Henk seufzend. »Und, Tirza, nimm's mir nicht übel, aber vielleicht bist du für den Umgang mit solchen Schülern auch nicht so sehr geeignet. Ein guter Lehrer muss nämlich selbst unter schwierigen Bedingungen in der Lage sein, den Unterricht geordnet weiterzuführen. Wenn ihm das nicht gelingt … Vergiss nicht, du bist Schriftstellerin …«

»Was hat das damit zu tun! Der Typ hat mir gedroht! Er hat mich Hure und Hitler geschimpft, er hat mich mit seiner fiesen Pickelvisage berührt, er hat mich festgehalten … Was soll ein guter Dozent denn dagegen ausrichten? Er terrorisiert die ganze Klasse! Eine der Schülerinnen hat sogar eine Erzählung darüber geschrieben!«

Mahmuds Erzählung wagte ich nicht zu erwähnen, ich wollte nicht auch noch ausgelacht werden.

»Das ist alles relativ, Tirza. Keiner der Schüler möchte irgendetwas bezeugen, weißt du«, sagte Henk.

»Das ist nicht dein Ernst!«, rief ich geschockt aus. »Das beweist doch nur … Sie haben Angst, siehst du das denn nicht?«

»Ich fürchte, uns bleibt im Moment keine andere Wahl«, sagte Henk seufzend.

Ich schwieg eine Weile.

»Das ist eine verdammte Schande«, schrie ich dann und knallte den Hörer mit solcher Wucht auf, dass ein Stück davon absprang.

25

Ich war noch nicht annähernd darüber hinweg, wie feige sich Henk Thomassen verhalten hatte, als ich zwei Mitteilungen erhielt, die mein Leben gewaltig auf den Kopf stellten. Wirklich, das ist nicht übertrieben. Die eine war ein Bescheid vom College, dass man wegen der Kürzung von Subventionen und rückläufigen Schülerzahlen Personal abbauen müsse und daher notgedrungen habe beschließen müssen, meine Stelle zu streichen. Darüber hinaus wurde mir verklickert, dass ich leider, leider keinen Anspruch auf einen finanziellen Ausgleich hätte, da ich nicht einmal ein Jahr, und das auch nur in Teilzeit, am College gewesen sei.

Die andere war eine Mail mit Anhang von Rachel Solomon.

Der Anhang enthielt das Foto von einem Baby, die Mail bestand diesmal nur aus wenigen Zeilen:

Sehr geehrte Frau Danz,

da sich mein ganzes Tätigkeitsfeld momentan auf meine anstehende Reise und die Launen mei-

nes lieben Mannes erstreckt, schicke ich Ihnen beiliegend ein Foto vom Baby Ada Hammersteins als Echtheitsnachweis. Vielleicht schöpfen Sie ja Freude und Inspiration aus dessen Wohlgenährtheit.

Mit freundlichen Grüßen
Rachel Solomon

Ich schwöre, das war das erste Mal, dass mir handfeste Zweifel kamen. Nicht an Rachel Solomons Professionalität, sondern an ihrer Existenz. War Rachel die, für die sie sich ausgab?

Auslöser war das Wort: *Echtheitsnachweis*. Für mich unterminierte es rückwirkend den Wahrheitsgehalt von Rachels langen, redundanten Mails über ihre ehelichen Kalamitäten. Das dauernde Verschieben eines Treffens (seit mittlerweile gut sechs Monaten!), welches nun doch wirklich nicht so kompliziert war, erschien mir jetzt genauso eigentümlich wie der Umstand, dass Rachel mich nie angerufen hatte, um die Angelegenheit zu regeln.

Ich fragte mich jetzt sogar – und war selbst darüber verblüfft, weil es so aberwitzig, ja unheimlich klang: *Hatte es Ada Hammerstein in Wirklichkeit je gegeben?*

Und in dem Moment ging mir auf, dass alles, was mir in den letzten Monaten von Ada, Rachel und deren Mann geschickt worden war, stark fiktionalen Charakter hatte. Was, wenn Ada Hammerstein, Rachel und Chaim Solomon *ein und dieselbe Person* waren?

Mit einem Mal juckte es mich in den Fingern. Ich sah eine Geschichte vor mir, die um einiges spannender war als alles, was ich je erlebt hatte!

26

Von da an schrieb sich mein Buch wie von selbst. Ich ersann eine Variante zu dem, was ich bis dahin von der Wirklichkeit wusste, und schrieb eine Geschichte, in der ein Mann mit bösen Absichten eine arme Schriftstellerin mit einem endlosen Strom von Briefen zum Wahnsinn treibt. Er bringt sie so weit, dass sie sich nicht zu weigern wagt, als er vorschlägt, sich zu einem Interview zu treffen. Bei dieser Gelegenheit wird der gestörte Typ die arme Frau mit Haut und Haaren verschlingen. Da erst stellt sich dann auch heraus, dass es sich um ihren Exmann handelt, den sie damit zur Raserei gebracht hat, dass sie sein Leben in ihrem Roman plagiiert hat. Ich konnte alle Briefe von Rachel Solomon darin verwursten, und auch Mahmuds aggressives Verhalten in der Schule fand in der Geschichte eine sinnvolle Funktion.

Zwei Monate später war die erste Fassung meines Buches fertig. Von Rachel Solomon hörte ich nichts mehr. Vielleicht hatte sie es nach all der Zeit aufgegeben, vielleicht war sie endgültig verrückt geworden.

Ich dagegen war selig, dass ich von meiner Schreibblockade erlöst war. Alles floss, es eröffneten sich Tausende wunderbarer Möglichkeiten, ich lebte wieder. In nur zwei Monaten eine erste Fassung! Noch nie hatte ich so schnell ein Buch geschrieben.

27

Eine Woche, bevor ich zu meiner Lesung für Zitas Organisation nach Deutschland musste, erhielt ich wider Erwarten doch wieder eine Mail von Rachel Solomon – aus San Diego.

Sehr geehrte Frau Danz,

ungeachtet der Tatsache, dass Sie mich wie üblich nicht über Ihre Abstecher nach Deutschland informiert haben, weiß ich inzwischen durch einen guten Freund, dass Sie demnächst in Heidelberg sein werden. Sie werden wohl genauso frappiert sein wie ich, wenn ich Ihnen nun mitteile, dass wir einander dann, so Gott will, leibhaftig sehen werden! Ich muss nämlich in derselben Woche zum Geburtstag meiner Mutter in meine Heimatstadt und wage daher den großen Sprung über den Ozean zum zweiten Mal innerhalb von zwei Monaten! Es wäre mir ein Vergnügen, Sie nach Ihrer Lesung zu einem Abendessen oder eventuell auch einem Frühstück am Morgen vor Ihrer Rückreise in die Niederlande einladen zu dürfen. Dann kön-

nen wir das so lange geplante Interview, mein letztes für die Zeitschrift Psychologie, *doch noch machen. Können wir uns darauf einigen?*

Im Vertrauen darauf, dass wir einander nach so langer Zeit doch endlich sprechen werden,

hochachtungsvoll
Ihre Rachel Solomon

Diese Aussicht verwirrte mich nicht schlecht, zumal mein Buch über die fiktive Rachel Solomon so gut wie fertig war. Aber es hatte durchaus auch etwas Aufregendes, nun doch noch die lebende Person hinter der umständlich formulierenden Neurotikerin kennenzulernen. Wie mochte Rachel Solomon aussehen … Wenn es sie wirklich gab?

Diese Aufregung legte sich auch in den folgenden Tagen nicht. Im Gegenteil, je näher das Datum rückte, desto stärker erfasste mich eine kaum zu bezähmende Nervosität. Ich schrieb Rachel zurück, dass ich sie sehr gern nach der Lesung begrüßen würde und wir dann vor Ort entscheiden könnten, ob wir das Interview gleich oder später machen wollten.

Sie antwortete, dass wir damit eine feste Verabredung hätten.

Danach setzte sich ein alarmierender Gedanke in meinem Kopf fest, der sich beim besten Willen nicht mehr vertreiben ließ. Als ich den Zug nach Heidelberg bestieg, machte er mich immer unruhiger, und ich begann, ihn vor mich hin zu murmeln – in der Hoffnung, dann einzusehen, wie lächerlich er war.

Kann es Zufall sein, dass Zitas Einladung zur selben Zeit eintraf wie die Nachricht vom Tod Ada Hammersteins?

Doch der Gedanke wurde immer plausibler.

Und wenn Zita die Briefschreiberin ist?

»Ach Quatsch, du spinnst«, rief Marvin, als ich ihm das vom Zug aus unterbreitete. »Zita hat doch nicht das Zeug zum Schreiben, und Rachels Mails stammten ganz sicher von jemandem, der was davon versteht, so umständlich sie vielleicht auch formuliert waren. Nein, das kann nicht Zita gewesen sein. Zita ist eine gemeine alte Intrigantin, aber so was … Sie ist doch keine Schriftstellerin!«

Nach dem unseligen Essen bei Bastiaan war Zitas Bemerkung wie ein Tabu zwischen uns in der Luft geblieben. Weder er noch ich hatten mehr daran zu rühren gewagt. An meiner jetzigen Erleichterung merkte ich, wie sehr mir das die ganze Zeit zu schaffen gemacht hatte. Ich hätte Marvin küssen mögen.

»Du hast recht, Marv«, sagte ich. »Wieso nehme ich Leute, die mich kritisieren, nur immer so ernst?«

»Ich weiß es nicht«, sagte Marvin. »Es ist jedenfalls völlig unnütz und ungerechtfertigt.«

»Ich liebe dich sehr«, sagte ich.

Während wir mit der Geschwindigkeit, der mein Zug seinen Namen verdankte, am Rhein entlangdüsten, korrigierte ich mein neues Buch. Ich hatte es *Schriftsteller!* genannt – nach Ferencs Bild.

In Duisburg standen die Menschen ungewohnt lautlos auf dem Bahnsteig, und ebenso lautlos strömten sie in den Zug. Ich fühlte mich auf einmal sehr wohl und war voller Erwartung. War nicht alles herrlich und in Ordnung? Ein neues Buch, nach all der Zeit! Der elende Mahmud war aus meinem Leben verschwunden, ich brauchte ihn nie mehr wiederzusehen, und jetzt würde ich bei Zita aus meinem Meisterwerk lesen. Ha! Ich war stolz, dass ich mein Leben wieder in den Griff bekommen hatte. Ein Mensch hat ein Recht auf Erneuerung, fand ich. Ich freute mich sogar darauf, Rachel Solomon zu treffen. Dass ich sie als Figur in meinem Roman vollkommen in der Hand hatte, vermittelte mir ein angenehmes Gefühl von Macht. Wer sie auch war und wie sie auch war, meinen Roman konnte sie mir nicht mehr nehmen.

28

Brr, igitt, las ich laut. Das hatte mein Übersetzer meiner Protagonistin in den Mund gelegt. Ich hatte mich zwar an die deutsche Terminologie gewöhnt, in die mein Text übersetzt worden war, wusste aber manchmal nicht genau, was die Worte wirklich bedeuteten und worauf sie sich bezogen. Ich musste mich jedes Mal überwinden, wenn ich diese beiden Wörter vorlas, und war immer erstaunt, wenn mein Publikum konzentriert zuhörte, ja sogar über die Laute lachte, die ich selbst nicht einordnen konnte.

In der Mitte des Saals sah ich Ferenc im Halbdunkel sitzen. Das Weiß seiner Haare leuchtete zwischen den anderen Köpfen auf. Zita saß irgendwo vorn, am Seitengang – ich hatte das grelle Rot ihres Kleides im Augenwinkel. Als Organisatorin behielt sie alles genau im Blick, ein wenig zu sehr mit den Nöten und Wünschen des Publikums befasst, um mir wirklich zuhören zu können, vermutete ich. Bei meinem Eintreffen hatte ich ihrem Augenaufschlag zu entnehmen geglaubt, dass sie nichts im Schilde führte.

Rachel Solomon hatte sich noch nicht gemeldet.

Das Licht im Saal ging an wie nach einer Theateraufführung, und Zita kam sofort auf die Bühne gehüpft. Sie küsste mich vor den im Saal versammelten deutschen Juden und überreichte mir einen Strauß rote Rosen. Ich war überrumpelt, denn es war noch früh, ich hatte gerade mal eine Dreiviertelstunde gelesen.

»Fragen?«, flüsterte ich. »Soll ich keine Fragen beantworten?«

»Was? Ach ja«, sagte Zita. »Fragen!« Sie wandte sich in ihrer ganzen roten Pracht, einem Kleid mit tiefem Dekolleté, zum Publikum um. »Frau Danz fragt, ob Sie noch Fragen haben!«, rief sie drollig.

Die Zuhörer, im Licht auf einmal um einiges menschlicher, lachten. Dann erhob sich jemand, den ich sofort wiedererkannte. Axel Andel. Dass ich den nicht früher bemerkt hatte!

»Frau Danz, darf ich fragen, warum Sie Ihren Roman *Der Vater* genannt haben?«, fragte er.

Ich versuchte zu verbergen, dass ich erschrak. Dem Gelächter entnahm ich, dass man ihn da und dort erkannt hatte und wusste, worauf er anspielte. Ich rang mir ein Lächeln ab.

»Das war der einzige Titel … der einzige Titel, der zu diesem Buch passte«, stammelte ich. »Jeder und alles in diesem Buch, Ada Hammerstein, konzentriert sich auf diesen Vater, alles dreht sich um ihn …«

Meine Stimme verhallte. Ich dachte an etwas ganz anderes.

Andel erwiderte nichts. Er hatte sich wieder gesetzt. Aber ich spürte seinen bohrenden Blick, und mein Herz hämmerte wie verrückt.

Es gab keine weiteren Fragen.

Zita führte mich zum Signiertisch, während ich in der Menge nach Axel Andel Ausschau hielt. Wo war er geblieben?

Ich sah ihn nicht mehr. Und wo war Rachel Solomon?

Nachdem ich dreißig Bücher signiert hatte, verwickelte mich ein älterer Herr, dessen Augen mich anrührten, eine Viertelstunde lang in ein Gespräch über sein Leben, das dem meines Vaters glich. Dann sah ich Zita und Ferenc mit Axel Andel zwischen sich auf mich zukommen.

»Wie nett, dass du gekommen bist«, sagte ich verwirrt und reichte ihm die Hand.

»Ja«, sagte Zita, »ich hab ihn einfach mitgeschleift. Vielleicht können wir nachher was zusammen essen. Ja, Axel?«

Axel sah nur mich an.

»Ich erwarte eigentlich noch jemanden, eine Journalistin …«, stammelte ich.

»Und ich muss leider gleich wieder weg«, sagte Axel schmunzelnd. »Es war schön, dir zuzuhören,

Tirza. Und ich … äh, habe noch etwas für dich. Aber mach es bitte erst auf, wenn du allein bist …«

»Wie geheimnisvoll«, sagte ich und fühlte, wie mein Gesicht glühte. Dass er hier war, löste eine eigenartige Lähmung in meinem Kopf aus, ich konnte nicht mehr klar denken.

Mir schwante irgendwie, dass des Rätsels Lösung in diesem Päckchen lag, das ich jetzt in Händen hielt. Ein Buch, so viel stand fest.

Axel ging gleich darauf. Ich behielt das Bild von seinem amüsierten Blick auf der Netzhaut.

Bei einem Glas Wein in einem Lokal erzählte ich Zita und Ferenc die Geschichte von Ada Hammerstein und Rachel Solomon und der Zeitschrift, für die sie angeblich schrieben.

»Merkwürdig«, sagte Zita. »Aber von der Zeitschrift hab ich schon gehört. Seit wann hast du die Mails denn bekommen?«

Während ich darauf antwortete, hatte ich das verrückte Empfinden, als senke sich die Wahrheit, die schon die ganze Zeit über meinem Kopf geschwebt hatte, wie eine große schwarze Wolke auf mich herab. Mir schlotterten plötzlich die Knie, und ich sah Zita mit offenem Mund an.

»Dass mir das nicht gleich gekommen ist«, sagte ich. »Und jetzt mache ich Axel Andels Päckchen auf.«

»Wieso?«, fragten Ferenc und Zita, aber ich hatte das Papier schon aufgerissen.

Der folgende Aufschrei kam von uns allen dreien.

»Woher hat er denn das? Das habe ich nicht genehmigt!«, rief Ferenc. »Ich werde diesen Mistkerl verklagen!«

»Mein Gott!«, sagte Zita. »Wie kann er es wagen!«

»Umschlagillustration Ferenc Lasko, Eigentum des Autors«, stand auf der Innenseite.

Es war das Bild, das Ferenc von mir gemalt hatte. Da war ich. Nackt und rund räkelte ich mich auf dem Umschlag des neuen Romans von Axel Andel, eine Olympia auf buntem Lager.

»O Gott … Dann … dann war die Frau damals, die Frau, die dir so ähnlich sah, die Freundin von Axel …«, sagte Ferenc langsam. »Die Frau, die ihn wegen seines Romans verklagt hat, *Liliane*!«

»Pfffh«, machte Zita.

Mir hatte es die Sprache verschlagen. Blitzschnell überflog ich den Klappentext, um das Ausmaß des Dramas zu erfassen, das sich hier auftat. Meine Finger durchpflügten die Seiten, während sich meine Augen hastig durch den Text fraßen wie durch eine fette, klebrige Masse.

Es war sonnenklar. Alle Mails von Ada Hammerstein, Wort für Wort, mitsamt meinen Antworten, alle Mails, der ganze Sermon, von Rachel Solomon, Wort für Wort – die gleiche Intrige, die ich mir für mein Buch ausgedacht hatte, der Betrug, der Diebstahl, der gewalttätige Schüler, Mahmud … alles, alles war drin.

Bis hin zur genauen Übersetzung meines Titels ins Deutsche hatte ich hier das Buch in der Hand, das ich selbst soeben fertiggestellt hatte.

Schriftsteller!

»Unglaublich«, flüsterte ich, »dieser Axel Andel, dieser hinterhältige, niederträchtige Schuft, hat das gleiche Buch geschrieben wie ich.«

Und während ich mit Tränen in den Augen in die Gesichter von Ferenc und Zita starrte, beschwor ich sie:

»Bloß nicht verklagen! Sonst verkauft es sich womöglich noch …!«

Jessica Durlacher im Diogenes Verlag

Das Gewissen

Roman. Aus dem Niederländischen
von Hanni Ehlers

Sie sieht ihn zum ersten Mal an der Universität: Er ist wie sie jüdischer Abstammung, beide Familien haben traumatische Kriegserinnerungen, sie erkennt in ihm ihren Seelenverwandten. Mit aller Wucht wirft sich die junge Edna in die Katastrophe einer Liebe, die sie für die ihres Lebens hält. Ein bewegendes Buch über eine Frau, die erst lernen muß, ihr Leben und Lieben in die richtige Bahn zu lenken.
Jessica Durlachers Romanerstling stand wochenlang auf den niederländischen Bestsellerlisten und wurde mit mehreren Nachwuchspreisen ausgezeichnet.

»Ich wollte zeigen, wie es kommt, daß man eine ganz große Liebe doch verlassen muß.« *Jessica Durlacher*

»Jessica Durlacher schreibt mit Gespür für Situationskomik und Selbstironie. Wer sich darauf einläßt, kann verstehen, mitfühlen und mitlachen.«
Ellen Presser/Emma, Köln

Die Tochter

Roman. Deutsch von Hanni Ehlers

Im Anne-Frank-Haus in Amsterdam lernen sie sich kennen: Max Lipschitz und Sabine Edelstein, beide Anfang Zwanzig. Ungewöhnlich und schicksalhaft wie der Ort ihrer Bekanntschaft ist auch die Liebesbeziehung, die sich zwischen ihnen entspinnt. Zuweilen ist Max von Sabines Vergangenheitsbesessenheit irritiert, denn worüber er lieber schweigen möchte, darüber möchte sie fast manisch reden: über die KZ-Vergangenheit ihrer beider Eltern.

Dann ist Sabine auf einmal ohne Erklärung verschwunden, für Max ein lange anhaltendes Trauma. Erst fünfzehn Jahre später sieht er sie überraschend wieder – und die alten Fragen tauchen wieder auf...

»*Die Tochter* ist eine Liebesgeschichte von solcher Wucht, daß man weiter und immer weiter liest. Mit ihrer spannenden, gut lesbaren, witzigen, klugen und unterhaltenden Art zu erzählen, findet Jessica Durlacher zu einer unserer Zeit angemessenen Kultur der Erinnerung.«
Hellmut Butterweck / Die Furche, Wien

Emoticon

Roman. Deutsch von Hanni Ehlers

Die Geschichte von Daniel, einem niederländisch-israelischen Jugendlichen, und von Aischa, einer jungen Palästinenserin, die für die Weltöffentlichkeit ein Zeichen setzen will und ihn in eine tödliche Falle lockt. Ihr Lockmittel: das Internet und seine Zeichensprache, die Emoticons.
Ein Roman über die Zerrissenheit und Dramatik des Nahen Ostens, der unter die Haut geht.

»Ein Attentat mit romantischer Folge, ein Internet-Chat mit tödlichem Ausgang: Jessica Durlacher operiert gewissermaßen am offenen Herzen des Israel-Palästina-Konfliktes. Das Erstaunliche ist: daß sie alle Klippen, die das heikle politische Thema in sich birgt, virtuos umschifft. Niemals ergreift sie einseitig Partei, gleitet in eskapistische Innerlichkeit ab. Eine psychologisch genaue Studie verschiedener Menschen in unterschiedlichen privaten und politischen Situationen, die sich von der ersten bis zur letzten Seite wie ein spannender Thriller liest. Beklemmend aktuell.«
Jenny Hoch / Der Spiegel, Hamburg

Leon de Winter im Diogenes Verlag

Hoffmans Hunger

Roman. Aus dem Niederländischen von Sibylle Mulot

Durch eine spannende Spionage-Geschichte werden die Schicksale dreier Männer miteinander verwoben: Felix Hoffman, niederländischer Botschafter in Prag, der seinen leiblichen und metaphysischen Hunger mit Essen und Spinoza stillt, Freddy Mancini, Zeuge einer Entführung in Prag, John Marks, amerikanischer Ostblockspezialist. Zugleich die Geschichte von Europa 1989, das sich eint und berauscht im Konsum. Ein Rausch, der nur in einem Kater enden kann.

»Ein brillanter Roman in einer fabelhaften deutschen Übersetzung. Leon de Winter bringt etwas zustande, was die deutschsprachige Literatur seit Jahrzehnten verlernt zu haben scheint: eine helle, klare, sarkastische Erzählung von aktueller Welthaftigkeit zu schreiben.«
Wolfram Knorr/Die Weltwoche, Zürich

»*Hoffmans Hunger* ist unvergeßlich.«
Süddeutsche Zeitung, München

1993 mit Elliott Gould und Jacqueline Bisset verfilmt.

SuperTex

Roman. Deutsch von Sibylle Mulot

»Was macht ein Jude am Schabbesmorgen in einem Porsche!« – bekommt Max Breslauer zu hören, als er mit knapp hundert Sachen durch die Amsterdamer Innenstadt gerast ist und einen chassidischen Jungen auf dem Weg zur Synagoge angefahren hat. Eine Frage, die andere Fragen auslöst: »Was bin ich eigentlich? Ein Jude? Ein Goj? Worum dreht sich mein Leben?« Max, 36 Jahre alt und 90 Kilo schwer, Erbe eines Textilimperiums namens SuperTex, landet auf der Couch einer Analytikerin, der er sein Leben erzählt.

»In direkter Nachbarschaft von Italo Svevos *Zeno Cosini,* erzählt mit großem dramaturgischem Geschick, raffiniert eingesetzten Blenden und effektvoll inszenierten Episoden. Das ist große europäische Literatur.« *Martin Lüdke/Die Zeit, Hamburg*

Serenade

Roman. Deutsch von Hanni Ehlers

Anneke Weiss, Mitte Siebzig, seit langem Witwe, hat ihre Lebenslust und ihren Elan, sich munter in das Leben ihres Sohnes Bennie, eines verhinderten Komp onisten, einzumischen, gerade erst richtig wiederentdeckt. Da diagnostizieren die Ärzte bei ihr ein Karzinom. Bennie drängt darauf, daß man seiner Mutter ihre tödliche Krankheit verschweigt. Das Leben scheint ganz normal weiterzugehen – Anneke verliebt sich sogar in den 77jährigen Fred Bachmann –, doch alles gerät aus den Fugen: Die alte Dame ist spurlos verschwunden, und Bennie und Fred machen sich auf die Suche. Nur vordergründig witzig und leichtfüßig erzählt dieser Roman von einem Trauma, das jeden Tag neu aufzubrechen vermag.

»*Serenade* ist ein Abschiedsgesang, die Liebeserklärung eines Sohnes an die Mutter und ein Buch über unser finsteres Jahrhundert. Leon de Winter nimmt den weiten Bogen mit großer erzählerischer Leichtigkeit. Als handelte der Roman nicht von der kompliziertesten aller Beziehungen.«
Nina Toepfer/Die Weltwoche, Zürich

Zionoco

Roman. Deutsch von Hanni Ehlers

Als Sol Mayer in Boston in der Boeing 737 auf die Starterlaubnis nach New York wartet, weiß er noch nicht, daß dieser Flug sein Leben verändern wird: Der Starprediger von Temple Yaakov, der großen Synagoge an der Fifth Avenue, verliebt sich verzweifelt in seine Sitznachbarin, Sängerin einer kleinen Band. Damit bekommt seine ohnehin nicht ganz intakte Gegenwart noch mehr Risse. Die Ehekrise mit Naomi, Erbin eines Millionenvermögens, läßt sich nicht länger verdrängen. Und beruflich hat sich der liberale Rabbiner mit öffentlichen Angriffen gegen orthodoxe Chassiden gerade mächtige Feinde geschaffen. Vor allem aber wird seine Vergangenheit wieder virulent, die Zeit, in der Sol als Lebemann und Taugenichts gegen den übermächtigen Vater rebellierte. Eine Reihe aufwühlender Ereignisse zwingt ihn schließlich zu einer halluzinatorischen Reise, wunderlicher, als er sich je hätte träumen lassen.

»Leon de Winter katapultiert seine Leser furios in die New Yorker Schickeria, in der Sol Mayer zwischen den Regeln des Talmud und seinen sexuellen Obsessionen hin und her schwankt. Ein hinreißend komisches und zugleich anrührendes Buch.«
Martina Gollhardt / Welt am Sonntag, Hamburg

Der Himmel von Hollywood

Roman. Deutsch von Hanni Ehlers

Als der einst vielversprechende Schauspieler Tom Green nach Verbüßen einer Haftstrafe nach Hollywood zurückkehrt, hat er noch knapp zweihundert Dollar in der Tasche und kaum eine Perspektive. Zufällig trifft er auf zwei Schauspielerkollegen, die wie er schon bessere Tage gesehen haben: den sechzigjährigen Jimmy Kage und den siebzigjährigen Oscar-Preisträger Floyd Benson, der sein Brot jetzt als Installateur von Alarmanlagen verdient. Bei einer nächtlichen Sauftour stoßen die drei am Hollywood Sign auf einen übel zugerichteten Toten, der einem von ihnen kein Unbekannter ist: Floyd Benson vermutet, daß der Tod des kleinen Gangsters Tino mit einer Riesensumme Geld und mafiosen Machenschaften in Zusammenhang steht. Die drei sympathischen Loser planen den Coup ihres Lebens…

»Raffiniert, unterhaltsam, komödiantisch – immer wieder zum Erstaunen und zur Verzückung des Lesers.« *Volker Hage / Der Spiegel, Hamburg*

Sokolows Universum

Roman. Deutsch von Sibylle Mulot

Ein Straßenkehrer in Tel Aviv wird Zeuge eines Mordes. Der Mann zweifelt an seinem Verstand, denn er glaubt, in dem Mörder einen alten Freund erkannt zu haben. Und dies würde in der Tat alle Regeln der Wahrscheinlichkeit außer Kraft setzen. Denn Sascha Sokolow ist kein gewöhnlicher Straßenkehrer. Noch vor kurzem war der emigrierte Russe einer der angesehensten Raumfahrtforscher seines Landes.

»In wunderbaren Rückblenden und intelligent-witzigen Dialogen gelingt De Winter nicht nur ein spannender Krimi, sondern ein Kaleidoskop der Welt, das von Liebe und Angst, Enttäuschungen und Leidenschaft, von Verrat und Hoffnung geprägt ist, ein Roman voller Überraschungen und phantastischer Wendungen.«
Joachim Knuth / Norddeutscher Rundfunk, Hamburg

Leo Kaplan

Roman. Deutsch von Hanni Ehlers

Der Schriftsteller Leo Kaplan, fast vierzig, fast Millionär, ist ein Virtuose des Ehebruchs. Bis es seiner Ehefrau Hannah zu bunt wird. Kaplan muß erkennen, daß er durch seine Liebeseskapaden nicht nur seine Ehe, sondern auch seine Kreativität verspielt hat. Erst als er überraschend seine große Jugendliebe wiedertrifft, beginnt er zu verstehen, wie er zu dem wurde, der er heute ist. Ein bewegender Roman über die Sehnsucht und die Suche nach den eigenen Wurzeln.

Malibu

Roman. Deutsch von Hanni Ehlers

Kurz bevor sie ihren 17. Geburtstag feiern kann, kommt Mirjam bei einem Verkehrsunfall ums Leben. Ihrem Vater, Joop Koopman, ist es nicht vergönnt, sich seiner Trauer hinzugeben. Sein Freund Philip verwickelt ihn in einen Spionagefall für den israelischen Geheimdienst, seine Cousine Linda in ihre buddhistische Wiedergeburtstheorie. Tragödie, Politspionage und metaphysischer Thriller in einem – Leon de Winters kühnster Roman.

»Nach diesem Roman steht fest, daß Leon de Winter auf einem außerordentlich hohen Niveau schreiben kann. *Malibu* hat mich von A bis Z gebannt – ein hervorragendes Buch, das man in einem Rutsch durchliest und bei dem man sich auf der letzten Seite wünscht: Mehr!«
Max Pam / HP / DE TIJD, Amsterdam

Place de la Bastille

Roman. Deutsch von Hanni Ehlers

Ausgerechnet auf der Place de la Bastille meint der Niederländer Paul de Wit seinen totgeglaubten Zwillingsbruder zu entdecken. Die wahnwitzige Hoffnung flammt in ihm auf, sich doch noch mit seiner Geschichte versöhnen zu dürfen.

»Nur wenige zeitgenössische Autoren verstehen es wie er, die großen, alten Themen Schuld und Schicksal, Glaube und Angst so unterhaltsam zu reflektieren. Und so anspruchsvoll.«
Günter Keil / Süddeutsche Zeitung, München

Marek van der Jagt im Diogenes Verlag

Amour fou

Roman. Aus dem Niederländischen von Rainer Kersten

Auf der Suche nach der ›Amour fou‹ begegnet der junge Philosophiestudent Marek van der Jagt in seiner Heimatstadt Wien Andrea und Milena. Er hofft, daß die Touristinnen aus Luxemburg ihn in die Geheimnisse der Liebe einweihen. Mareks Bruder Pavel erlebt eine wunderbare Nacht, doch Marek selbst macht eine frustrierende Entdeckung...

»Mit Eleganz und Gespür für Pointen tänzelt der Autor durch eine Abfolge von skurrilen Ereignissen, die zuweilen an die turbulenteren Szenerien von John Irving erinnern. Legt man den schnell durchquerten Band beiseite, dann scheint die Realität einer Bahnhofshalle zu gleichen, in der man ungeduldig auf das nächste Buch von Marek van der Jagt wartet.«
Adriano Sack / Welt am Sonntag, Hamburg

»Die Stärke dieses unspektakulär-tragikomischen Buches ist die stilistische Konsequenz, mit der das Genre des Bekenntnisses weniger ins existentiell Absurde als vielmehr ins Satirisch-Groteske getrieben wird.«
Dorothea Dieckmann / Neue Zürcher Zeitung

»Das ist ein buchstäblich verrückter Roman, virtuos geschrieben. Ein vergnügliches, ein leichtes Lesemuß.«
Alexander Kudascheff / Deutsche Welle, Köln

Monogam

Deutsch von Rainer Kersten

Wer lesen will, daß Sex allein glücklich macht, liegt mit diesem Buch genauso richtig wie die zarten Seelen, die an die große Liebe glauben, sie aber noch nicht gefunden haben. Und diejenigen, die über allem stehen, dürfen sich über die Schwierigkeiten anderer amüsieren…

»Eine unglaublich elegante Abhandlung darüber, was man mit sich selbst für Versuche auf dem Feld der Liebe machen kann. Vom um Zuneigung bettelnden Hund bis zum zynischen Don Juan, stets bemüht, die ›Bestie Liebe‹ zu bezwingen.« *Amica, Hamburg*

»Philosophisch, misanthropisch, lustvoll, obszön zelebriert Marek van der Jagt seine Gedanken. Der Leser taucht in ein Universum aus Sprache, aus verführerisch-verhängnisvollen Gedanken, in denen er sich verlieren kann.«
Katja Uhlemann/Freie Presse, Chemnitz

»Liebe saukomisch und hochneurotisch: Marek van der Jagt ist die niederländische Antwort auf David Sedaris. Von diesem Autor möchten wir gern mehr lesen!« *Franziska Wolffheim/Brigitte, Hamburg*

»Frech, originell und faszinierend gescheit.«
Ira Panic/Hörzu, Hamburg

Arnon Grünberg im Diogenes Verlag

»Alle seine Helden geben trotz aller Vergeblichkeit nie auf, der Obsession nachzuspüren: Der eine kreist um die Vorstellung, das Geschlecht eines Zwerges zu haben und wird darüber von Tag zu Tag kahler. In *Phantomschmerz* erliegt ein Schriftsteller den schönen Lügen, in *Monogam* sucht ein zur Liebe wild Entschlossener das absolute Begehren im Sex mit den unterschiedlichsten Frauen. In *Statisten* versuchen drei Freunde mit aller Wucht, Marlon Brando zu werden, und im Erstling *Blauer Montag* gondelt ein Nichtsnutz aus verquerem jüdischen Hause durch ein Dasein voller Huren, koscherer Küsse und Versuche, betrunken zu werden. Arnon Grünbergs Figuren wollen aber immer mehr als den reinen Rausch. Sie versuchen nebenbei auch noch, Menschen zu werden. Meistens bleibt es beim Versuch. Das macht aber nichts, wenigstens dem Leser nicht; dem ist es ein Vergnügen, den Irrläufern bei ihren Irrläufen zuzusehen.« *Anuschka Roshani / Tages-Anzeiger, Zürich*

Blauer Montag
Roman. Aus dem Niederländischen von Rainer Kersten

Statisten
Roman. Deutsch von Rainer Kersten

Phantomschmerz
Roman. Deutsch von Rainer Kersten

Der Vogel ist krank
Roman. Deutsch von Rainer Kersten

Gnadenfrist
Deutsch von Rainer Kersten

Der Heilige des Unmöglichen
Deutsch von Rainer Kersten

Tirza
Roman. Deutsch von Rainer Kersten

Unter dem Pseudonym
Marek van der Jagt

Amour fou
Roman. Deutsch von Rainer Kersten

Monogam
Deutsch von Rainer Kersten

Connie Palmen im Diogenes Verlag

Connie Palmen, geboren 1955, wuchs im Süden Hollands auf und kam 1978 nach Amsterdam, wo sie Philosophie und Niederländische Literatur studierte. Ihr erster Roman *Die Gesetze* erschien 1991 und wurde gleich ein internationaler Bestseller. Sie erhielt für ihre Werke zahlreiche Auszeichnungen, so wurde sie für den Roman *Die Freundschaft* 1995 mit dem renommierten AKO-Literaturpreis ausgezeichnet. Connie Palmen lebt in Amsterdam.

»Es ist selten, daß jemand mit soviel Ernsthaftigkeit und Witz, Offenheit und Intimität, Einfachheit und Intelligenz zu erzählen versteht.«
Martin Adel / Der Standard, Wien

»Lebendige und gewitzte Erzählkunst paart sich mit feinsinnigen Reflexionen über die großen Themen Liebe, Tod, Sucht und Lebenshunger.«
Leonhard Fuest / Max, Hamburg

Die Gesetze
Roman. Aus dem Niederländischen
von Barbara Heller

Die Freundschaft
Roman. Deutsch von Hanni Ehlers

I. M.
Ischa Meijer – In Margine, In Memoriam
Deutsch von Hanni Ehlers

Die Erbschaft
Roman. Deutsch von Hanni Ehlers

Ganz der Ihre
Roman. Deutsch von Hanni Ehlers

Idole und ihre Mörder
Deutsch von Hanni Ehlers

Luzifer
Roman. Deutsch von Hanni Ehlers